JACQUES.

I.

Publications de la revue des deux-mondes.

PUBLICATIONS DE LA REVUE DES DEUX-MONDES.

LECOINTE ET POUGIN, LIBRAIRES A PARIS,
Quai des Augustins.

Londres,

BAILLIÉRE, 219, Regent-Street.

Saint-Pétersbourg,

BELLIZARD et Cⁱᵉ.

C

EVERAT, Imprim., rue du Cadran, 16.

JACQUES

PAR

GEORGE SAND.

TOME PREMIER.

PARIS.

FÉLIX BONNAIRE, ÉDITEUR,
RUE DES BEAUX ARTS, 10.

1834.

L'Homme qui joue sa vie pour venger une injure n'a que du courage ; pour pardonner sans lâcheté il faut une vertu plus haute : l'abnégation.

A

M. & Mme A. Fleury.

Mes Amis,

Je vous dédie un livre que je vous prie de
me pardonner. Corrigez les pages où j'ai fait
parler l'amour conjugal, et déchirez le dénoue-
ment, car, grâce à Dieu et à vous-mêmes, vous

le trouverez bien invraisemblable. J'ai achevé ce livre au pied d'un glacier : vous le lirez, en riant, auprès d'un bon feu, ou sur l'herbe printanière de notre baraque.

George Sand.

Du Grand Saint-Bernard, juillet 1834

JACQUES.

Première Partie.

LETTRE PREMIÈRE.

Tilly, près Tours, le. . . .

Tu veux, mon amie, que je te dise la vérité; tu me reproches d'être trop *mademoiselle* avec toi, comme nous disions au couvent. Il faut absolument, dis-tu, que je t'ouvre mon cœur et que je te dise si j'aime M. Jacques. Eh bien! oui, ma chère, je

l'aime, et beaucoup. Pourquoi n'en con-
viendrais-je pas à présent? notre contrat
de mariage sera signé demain, et avant un
mois nous serons unis. Rassure-toi donc,
et ne t'effraie plus de voir les choses aller si
vite. Je crois, je suis persuadée que le bonheur m'attend dans cette union. Tu es folle
avec tes craintes. Non, ma mère ne me sacrifie point à l'ambition d'une riche alliance.
Il est vrai qu'elle est un peu trop sensible à cet avantage, et qu'au contraire la
disproportion de nos fortunes me ren-
drait humiliante et pénible l'idée de tout
devoir à mon mari, si Jacques n'était pas
l'homme le plus noble de la terre. Mais tel
que je le connais, j'ai sujet de me réjouir
de sa richesse. Sans cela, ma mère ne lui
aurait jamais pardonné d'être roturier. — Tu
dis que tu n'aimes pas ma mère et qu'elle t'a
toujours fait l'effet d'une méchante femme :
tu fais mal, je pense, de me parler ainsi

de celle à qui je dois respect et vénération. Je suis bien coupable, à ce que je
vois; car c'est moi qui t'ai portée à ce
jugement par la faiblesse que j'ai eue souvent de te raconter les petits chagrins et les
frivoles mortifications de notre intimité.
Ne m'expose plus à ce remords, chère amie,
en me disant du mal de ma mère.

Ce qu'il y a de plaisant dans ta lettre, ce
n'est pas cela certainement; mais c'est l'espèce de pénétration soupçonneuse avec laquelle tu devines à moitié les choses. Par
exemple, tu prétends que Jacques doit être
un homme vieux, froid, sec, et sentant la
pipe : il y a un peu de vrai dans ce jugement. Jacques n'est pas de la première jeunesse, il a l'extérieur calme et grave, et il fume. Vois combien il est heureux pour moi que
Jacques soit riche! Encore une fois, ma
mère aurait-elle toléré sans cela la vue et
l'odeur d'une pipe?

La première fois que je l'ai vu , il fumait ,
et à cause de cela j'aime toujours à le
voir dans cette occupation et dans l'attitude qu'il avait alors. C'était chez les Borel. Tu sais que M. Borel était colonel de
lanciers *du temps de l'autre,* comme disent
nos paysans. Sa femme n'a jamais voulu
le contrarier en rien, et quoiqu'elle détestât
l'odeur du tabac, elle a dissimulé sa répugnance, et peu à peu s'est habituée à la
supporter. C'est un exemple dont je n'aurai pas besoin de m'encourager pour être
complaisante envers mon mari. Je n'ai
aucun déplaisir à sentir cette odeur de
pipe. Eugénie autorise donc M. Borel et
tous ses amis à fumer au jardin, au salon,
partout où bon leur semble : elle a bien
raison. Les femmes ont le talent de se
rendre incommodes et déplaisantes aux
hommes qui les aiment le plus, faute d'un
très-léger effort sur elles-mêmes pour se

ranger à leurs goûts et à leurs habitudes.
Elles leur imposent au contraire mille petits sacrifices qui sont autant de coups d'é-
pingle dans le bonheur domestique, et qui
leur rendent insupportable peu à peu la
vie de famille... Oh ! mais je te vois d'ici rire
aux éclats et admirer mes sentences et mes
bonnes dispositions. Que veux-tu? Je me sens
en humeur d'approuver tout ce qui plaira à
Jacques, et si l'avenir justifie tes méchantes
prédictions, si un jour je dois cesser d'aimer en lui tout ce qui me plaît aujourd'hui,
du moins j'aurai goûté la lune de miel.

Cette manière d'être des Borel scandalise
horriblement toutes les bégueules du canton.
Eugénie s'en moque avec d'autant plus de
raison qu'elle est heureuse, aimée de son
mari, entourée d'amis dévoués, et riche par-
dessus le marché, ce qui lui attire encore de
temps en temps la visite des plus fières légiti-
mistes. Ma mère elle-même a sacrifié à cette

considération, comme elle y sacrifie aujour-
d'hui à l'égard de Jacques, et c'est chez madame Borel qu'elle a été flairer et chercher la
piste d'un mari pour sa pauvre fille sans dot.

Allons! voilà que, malgré moi, je me mets
encore à tourner ma mère en ridicule. Ah!
je suis encore trop pensionnaire. Il faudra
que Jacques me corrige de cela, lui qui ne
rit pas tous les jours. En attendant, tu devrais
me gronder, au lieu de me seconder comme
tu fais, vilaine!

Je te disais donc que j'avais vu Jacques
là pour la première fois. Il y avait quinze
jours qu'on ne parlait pas d'autre chose chez
les Borel que de la prochaine arrivée du capitaine Jacques; un officier retiré du service,
héritier d'un million. Ma mère ouvrait
des yeux grands comme des fenêtres, et des
oreilles grandes comme des portes pour as-
pirer le son et la vue de ce beau million. Pour
moi, cela m'aurait donné une forte préven-

tion contre Jacques sans les choses extraordinaires que disaient Eugénie et son mari. Il
n'était question que de sa bravoure, de sa
générosité, de sa bonté. Il est vrai qu'on lui
attribue aussi quelques singularités. Je n'ai
jamais pu obtenir d'explication satisfaisante
à cet égard, et je cherche en vain dans son
caractère et dans ses manières ce qui peut
avoir donné lieu à cette opinion. Un soir
de cet été, nous entrons chez Eugénie; je
crois bien que ma mère avait saisi dans l'air
quelque nouvelle de l'arrivée du *parti*. Eugénie et son mari étaient venus à notre rencontre du côté de la cour. On nous fait asseoir dans le salon, j'étais près de la fenêtre
au rez-de-chaussée, et il y avait devant moi
un rideau entr'ouvert. —Et votre ami, est-
il arrivé enfin? dit ma mère au bout de trois
minutes. —Ce matin, dit M. Borel d'un air
joyeux.—Ah! je vous en félicite, et j'en suis
charmée pour vous, reprend ma mère. —

Est-ce que nous ne le verrons pas ? — Il s'est
sauvé avec sa pipe en vous entendant venir,
répond Eugénie ; mais il reviendra certainement. — Oh ! peut-être que non, lui dit son
mari ; il est sauvage comme l'*habitant de l'O-
rénoque* (tu sauras que c'est une des facéties
favorites de M. Borel), et je n'ai pas eu encore
le temps de lui dire que je voulais le présenter à deux belles dames. Il faudrait voir s'il
ne s'en va pas promener trop loin, Eugénie,
et le faire avertir. — Pendant ce temps-là
je ne disais rien, mais je voyais très-bien
M. Jacques par la fente du rideau. Il était assis à dix pas de la maison sur des gradins de
pierre, où Eugénie fait ranger au printemps
les beaux vases de fleurs de sa serre chaude.
Il me parut, au premier coup d'œil, avoir
vingt-cinq ans tout au plus, quoiqu'il en
ait au moins trente. Il n'est pas de figure plus
belle, plus régulière et plus noble que celle
de Jacques. Il est plutôt petit que grand, et

semble très-délicat, quoiqu'il assure être d'une forte santé ; il est constamment pâle, et ses cheveux d'un noir d'ébène, qu'il porte très-longs, le font paraître plus pâle et plus maigre encore. Il me semble qu'il a le sourire triste, le regard mélancolique, le front serein, et l'attitude fière ; en tout, l'expression d'une ame orgueilleuse et sensible, d'une destinée rude, mais vaincue. Ne me dis pas que je fais des phrases de roman ; si tu voyais Jacques, je suis sûre que tu trouverais tout cela en lui, et bien d'autres choses sans doute que je ne saisis pas, car j'ai encore avec lui une timidité extraordinaire, et il me semble que son caractère renferme mille particularités qu'il me faudra bien du temps pour connaître et peut-être pour comprendre. Je te les raconterai jour par jour, afin que tu m'aides à en bien juger ; car tu as bien plus de pénétration et d'expérience que moi. En attendant, je veux t'en dire quelques-unes.

Il a certaines aversions et certaines affections qui lui viennent subitement et d'une
manière tantôt brutale, tantôt romanesque,
à la première vue. Je sais bien que tout le
monde est ainsi, mais personne ne s'abandonne à ses impressions avec l'aveuglement
ou l'obstination de Jacques. Quand il a reçu de la première vue une impression assez
forte pour porter un jugement, il prétend
qu'il ne le rétracte jamais. Je crains que ce
ne soit là une idée fausse et la source de bien
des erreurs et peut-être de quelques injusti-
ces. Je te dirai même que je crains qu'il n'ait
porté un jugement de ce genre sur ma mère.
Il est certain qu'il ne l'aime pas et qu'elle
lui a déplu dès le premier jour; il ne me l'a
pas dit, mais je l'ai vu. Lorsque M. Borel le
tira de sa méditation et de son nuage de tabac pour nous le présenter, il vint comme
malgré lui, et nous salua avec une froideur
glaciale. Ma mère, qui a les manière hautes et

froides, comme tu sais, fut extraordinairement aimable avec lui. — Permettez-moi
de vous prendre la main, lui dit-elle ;
j'ai beaucoup connu monsieur votre père,
et vous quand vous étiez enfant. — Je le
sais, madame, répondit Jacques sèchement
et sans avancer sa main vers celle de ma mère.
Je crois qu'elle dut s'en apercevoir, car cela
était très-visible ; mais elle est trop pru-
dente et trop habile pour avoir jamais une
attitude gauche. Elle feignit de prendre la
répugnance de M. Jacques pour de la timidité, et elle insista en lui disant : — Donnez-
moi donc la main, je suis pour vous une
ancienne amie. — Je m'en souviens bien,
madame, répondit-il d'un ton encore plus
étrange, et il serra la main de ma mère d'une
manière presque convulsive. Cette manière
fut si singulière, que les Borel se regardèrent
d'un air étonné, et que ma mère, qui n'est
pourtant pas facile à déconcerter, retomba

sur sa chaise plutôt qu'elle ne se rassit, et devint pâle comme la mort. Un instant après, Jacques retourna dans le jardin, et ma mère me fit chanter une romance dont parlait Eugénie. Jacques m'a dit depuis qu'il m'avait écoutée sous la fenêtre, et que ma voix lui avait été sur-le-champ tellement sympathique, qu'il était rentré pour me regarder; jusque-là il ne m'avait pas vue. De ce moment il m'a aimée, du moins il le dit; mais je te parle d'autre chose que de ce que j'ai dessein de te dire.

Nous en étions aux singularités de Jacques; je veux t'en raconter une autre. L'autre jour il vint nous voir au moment où je sortais de la maison avec une soupe dans une écuelle de terre et un tablier d'indienne bleue autour de moi; j'avais pris la petite porte de derrière pour ne rencontrer personne dans ce bel équipage. Le hasard voulut que M. Jacques, par un caprice digne de lui, se fût en-

gagé dans cette ruelle avec son beau cheval.
— Où allez-vous ainsi ? me dit-il en sau-
tant à terre et en me barrant le passage. —
J'aurais bien voulu l'éviter, mais il n'y avait
pas moyen.—Laissez-moi passer, lui dis-je,
et allez m'attendre à la maison, je vais porter
à manger à mes poules. — Et où sont-elles
donc vos poules? Parbleu! je veux les voir
manger.— Il mit la bride sur le cou de son
cheval en lui disant : Fingal, allez à l'écurie ;
et son cheval, qui entend sa parole comme
s'il connaissait la langue des hommes, obéit
sur-le-champ. Alors Jacques m'ôta l'écuelle
des mains, en leva sans façon le couvercle, et,
voyant une soupe de bonne mine :—Diable!
dit-il, vous nourrissez bien vos poules! Allons, je vois que nous allons chez quelque
pauvre. Il ne faut pas me faire un secret de
cela, à moi; c'est une chose toute simple et
que j'aime à vous voir faire par vous-même.
J'irai avec vous, Fernande, si vous me le

permettez.—Je mis mon bras sous le sien, et
nous marchâmes vers la maison de la vieille
Marguerite dont je t'ai parlé souvent. M. Jacques portait toujours la soupe avec ses gants
de chamois jaune paille, et d'un air si aisé,
qu'il semblait n'avoir pas fait autre chose de
sa vie. — Un autre que moi, me dit-il chemin faisant, trouverait certainement ici l'occasion de vous faire de magnifiques complimens, louerait en prose et en vers votre
charité, votre sensibilité, votre modestie;
moi je ne vous dis rien de cela, Fernande,
parce que je ne suis pas étonné de vous voir
pratiquer les vertus que vous avez. Manquer
de douceur et de miséricorde serait horrible
en vous; alors votre beauté, votre air de candeur, seraient des mensonges détestables de la
nature. En vous voyant, je vous ai jugée sincère, juste et sainte; je n'avais pas besoin de
vous rencontrer sur le chemin d'une chau-
mière pour savoir que je ne m'étais pas trom-

pé. Je ne vous dirai donc pas que vous êtes un ange à cause de cela, mais je vous dis que vous faites ces choses-là parce que vous êtes un ange. —

Je te demande pardon de te rapporter cette conversation; tu penseras peut-être qu'il y a un peu de vanité à te redire les douceurs que me conte M. Jacques. Et au fait, ma bonne Clémence, je crois bien qu'il y en a en effet. Je suis toute glorieuse de son amour; moque-toi de moi, cela n'y changera rien.

Mais n'ai-je pas raison de te rapporter tous ces détails, puisque tu veux connaître toutes les particularités de mon amour et tout le caractère de mon fiancé? Tu ne me gronderas pas cette fois pour avoir été trop laconique. Je continue.

Nous arrivons donc chez la mère Marguerite. La bonne femme fut tout étonnée de se voir apporter la soupe par un beau monsieur

en gants jaunes. La voilà qui me fait ses bavar-
dages accoutumés, qui me demande au nez
de Jacques si c'est là mon mari, qui fait toute
sorte de vœux pour moi, qui me raconte ses
maux, qui me parle surtout de son loyer qu'elle
est forcée de payer, et qui me regarde d'un air
piteux, comme pour me dire que je devrais
bien lui apporter quelque chose de mieux que
la soupe. Moi, je n'ai pas d'argent, ma mère
n'en a guère et ne m'en donne pas du tout.
J'étais triste, comme je le suis souvent, de ne
pouvoir soulager que la centième partie des
maux que je vois. Jacques avait l'air de ne
pas entendre un mot de tout cela. Il avait
trouvé sous une planche une vieille Bible
mangée des rats, et il semblait la lire avec
attention : tout à coup, pendant que Marguerite parlait encore, je sens tomber doucement
dans la poche de mon tablier quelque chose
de lourd; j'y porte la main, et j'y trouve une
bourse. Je ne fis semblant de rien, et je don-

nai à la vieille la petite somme dont elle avait besoin.

Tout allait bien : Jacques avait l'air doux et tranquille ; mais voilà qu'en sortant j'eus la mauvaise idée de dire tout bas à Marguerite que le présent venait de Jacques. Alors elle se mit à lui adresser ses remerciemens, et ces bénédictions de pauvre qui sont vraiment un peu prolixes, un peu niaises, mais qu'il faut, ce me semble, accepter, puisque c'est la seule manière dont le pauvre puisse s'acquitter. Eh bien ! sais-tu ce que fit Jacques ? Il fronça deux ou trois fois le sourcil d'un air d'impatience, et finit par interrompre la litanie de la vieille en lui disant d'un ton dur et impérieux :—C'est bon ; en voilà assez !— La pauvre femme resta interdite et humiliée. Moi, je me sentis un peu d'humeur contre Jacques, et quand nous fûmes à quelques pas de la maisonnette, je lui en fis des reproches. Il sourit, et, au lieu de se justifier, il me dit,

en me prenant la main : — Fernande , vous
êtes une bonne enfant , et moi je suis un vieux
homme : vous avez raison d'aimer les épanchemens de la reconnaissance que vous in-
spirez ; c'est un plaisir innocent qui vous engage à persévérer. Pour moi , je ne puis plus
m'amuser de ces choses-là , et elles me cau-
sent au contraire un ennui intolérable. — Je
suis disposée , lui dis-je , à croire que vous
avez raison en tout ce que vous faites, et je
croirai volontiers que c'est moi qui ai tort ;
mais expliquez-vous ; faites que je vous connaisse bien , Jacques , et que je n'aie jamais
l'idée de vous blâmer, quelque chose qui arrive.—Il sourit encore, mais d'un air triste ;
et , loin de m'accorder l'explication que je
lui demandais, il se borna à me répéter :—Je
vous ai dit , ma chère enfant , que vous aviez
raison , et que je vous aimais ainsi.—Ce fut
tout. Il me parla d'autre chose , et , malgré
moi, je restai triste et inquiète tout ce jour-là.

Voilà comme il est souvent : il y a en lui des choses qui m'effraient, parce que je ne peux pas m'en rendre compte ; et il a tort, je pense, de ne pas vouloir se donner la peine de me les faire comprendre. Mais que d'autres choses en lui qui sont dignes d'admiration et d'enthousiasme ! J'ai tort de m'occuper tant des petits nuages, quand j'ai un si beau ciel à contempler ! C'est égal, dis-moi ton avis sur ces misères : j'ai une grande confiance en ton bon sens, et je suis habituée à voir un peu par tes yeux. Ce n'est pas ce qui plaît le plus à maman. Enfin, j'aurai bientôt la liberté de t'écrire sans me cacher. Adieu, chère Clémence. Je n'attendrai pas ta réponse pour t'écrire une seconde lettre. Je t'embrasse mille fois.

Ton amie FERNANDE DE THEURSAN

II.

Vraiment, Jacques, vous allez vous marier? Elle sera bien heureuse votre femme! mais vous, mon ami, le serez-vous? Il me paraît que vous agissez bien vite, et j'en suis effrayée. Je ne sais pourquoi cette idée de vous voir marié ne peut entrer dans ma pau-

vre tête ; je n'y comprends rien ; je suis triste
à la mort : il me semble impossible qu'un
changement quelconque améliore votre destinée, et je crois que votre cœur se briserait
au choc de douleurs nouvelles. O mon cher
Jacques ! il faut bien de la prudence quand
on est comme nous deux !

As-tu songé à tout, Jacques ? as-tu fait un
bon choix ? Tu es observateur et pénétrant ;
mais on se trompe quelquefois ; quelquefois
la vérité ment ! Ah ! comme tu t'es souvent
trompé sur toi-même ! combien de fois je t'ai
vu découragé ! combien de fois je t'ai entendu
dire : Ceci est le dernier essai ! Pourquoi suis-
je assiégée de noirs pressentimens ? Que peut-
il t'arriver ? Tu es un homme, et tu as de la
force.

Mais toi, songer au mariage ! cela me paraît si extraordinaire ! Vous êtes si peu fait
pour la société ! vous détestez si cordialement
ses droits, ses usages et ses préjugés ! Les éter-

nelles lois de l'ordre et de la civilisation, vous
les révoquez encore en doute, et vous n'y cédez
que parce que vous n'êtes pas absolument sûr
que vous deviez les mépriser; et avec ces idées,
avec votre caractère insaisissable et votre esprit indompté, vous allez faire acte de soumission à la société, et contracter avec elle
un engagement indissoluble; vous allez jurer
d'être fidèle éternellement à une femme, vous!
vous allez lier votre honneur et votre conscience au rôle de protecteur et de père de
famille! Oh! vous direz ce que vous voudrez,
Jacques, mais cela ne vous convient pas: vous
êtes au-dessus ou au-dessous de ce rôle; quel
que vous soyez, vous n'êtes pas fait pour vivre
avec les hommes tels qu'ils sont.

Vous renoncerez donc à tout ce que vous
avez été jusqu'ici, et à tout ce que vous auriez
été encore? car votre vie est un grand abîme
où sont tombés pêle-mêle tous les biens et

tous les maux qu'il est permis à l'homme de
ressentir : vous avez vécu quinze ou vingt vies
ordinaires dans une seule année ; vous deviez
encore user et absorber bien des existences
avant de savoir seulement si vous aviez commencé la vôtre. Est-ce que vous regarderiez
encore ceci comme un état de transition,
comme un lien qui doit finir, et faire place
à un autre ? Je ne suis pas plus que vous un
adepte de la foi sociale ; je suis née pour la
détester ; mais quels sont les êtres qui peuvent lutter contre elle, ou même vivre sans
elle ? La femme que vous épousez est-elle donc
comme vous ? est-elle une des cinq ou six créatures humaines qui naissent, dans tout un siè-
cle, pour aimer la vérité, et pour mourir sans
avoir pu la faire aimer des autres ? est-elle de
ceux que nous appelions les *sauvages* dans les
jours de notre triste gaieté ? Jacques, prends
garde ; au nom du ciel, souviens-toi combien

de fois nous avons cru l'un et l'autre trouver
notre semblable, et combien de fois nous nous
sommes retrouvés seuls vis–à–vis l'un de l'autre! Adieu ; prends au moins le temps de réfléchir. Pense à ton passé ; pense à celui de

SYLVIA.

III.

De Fernande à Clémence.

Tilly. le....

Ma chère, j'ai fait aujourd'hui une découverte qui m'a laissé une impression singulière. En écoutant lire la rédaction de notre contrat de mariage, j'ai appris que Jacques avait trente-cinq ans. Certainement ce n'est pas là un âge avancé; et d'ailleurs on n'a ja-

mais que l'âge qu'on paraît avoir, et à la première vue je lui avais imaginé dix années de
moins. Cependant je ne sais pas pourquoi le
son de ces syllabes, *trente-cinq ans !* m'a épouvantée; j'ai regardé Jacques d'un air étonné
et peut-être même fâché, comme s'il m'eût
fait jusque-là un mensonge. Il est certain
pourtant qu'il ne m'a jamais parlé de son âge,
et que je n'ai jamais songé à le lui demander.
Je suis sûre qu'il me l'aurait dit sur-le-champ,
car il paraît très-indifférent à ces choses-là,
et il ne s'est pas seulement aperçu de l'effet
que faisait sur moi et sur plusieurs des personnes présentes la découverte de ces trente-
cinq ans.

Moi qui le trouvais déjà un peu vieux pour
moi en lui en attribuant trente ! J'ai beau
faire, Clémence, je t'avoue que je suis con-
trariée de cette différence d'âge entre nous :
il me semble à présent que Jacques est beaucoup moins mon camarade et mon ami que

je ne l'imaginais ; il se rapproche plutôt de
l'âge d'un père ; et, au fait, il pourrait être
le mien : il a dix-huit ans de plus que moi !
Cela me fait un peu de peur, et modifie peut-
être l'espèce d'affection que j'avais pour lui.
Autant que je puis exprimer ce qui se passe
en moi, je crois que ma confiance et mon
estime augmentent, tandis que mon enthousiasme et mon orgueil diminuent ; enfin, je
suis beaucoup moins joyeuse ce soir que je ne
l'étais ce matin : voilà ce que je ne saurais me
dissimuler. Ta lettre me revient toujours à
l'esprit, et je pense à cet homme *vieux et
froid* que tu as cru voir en lui. Cependant,
Clémence, si tu voyais comme Jacques est
beau, comme il a une tournure élégante et
jeune, comme il a les manières douces et franches, le regard affectueux, la voix harmo-
nieuse et fraîche ! tu en serais, je parie, amoureuse aussi. J'ai été frappée et séduite par toutes ces choses-là dès le premier moment, et

chaque jour j'ai été plus touchée de ces manières, de ce regard, et du son de cette voix;
mais il est bien vrai que je n'ai pas encore eu
la hardiesse et le sang-froid de l'examiner.
Quand il arrive, je le regarde avec joie, en
lui disant bonjour, et, dans ce moment-là,
il a dix-sept ans comme moi; mais ensuite je
n'ose plus guère fixer les yeux sur lui, car les
siens sont toujours sur moi. A tout ce qui
pourrait faire naître sur ses traits une expression nouvelle, je m'aperçois que c'est moi qui
suis observée, et il ne m'est pas possible d'observer à mon tour. A quoi bon l'observerais-
je, d'ailleurs? que verrais-je en lui qui ne me
plût pas? et qu'aurais-je l'habileté de deviner
s'il se donnait la moindre peine pour se rendre impénétrable? Je suis si jeune, et lui....
il doit avoir tant d'expérience!... Quand il
m'a observée ainsi, et que je lève sur lui un
regard timide, comme pour recevoir mon arrêt, je trouve sur sa figure tant d'affection,

de contentement, une sorte d'approbation muette si délicate et si douce, que je me rassure et me sens heureuse. Je vois que tout ce que je fais, tout ce que je dis, tout ce que je pense plaît à Jacques, et qu'au lieu d'un censeur sévère, j'ai en lui un être sympathique, un ami indulgent, peut-être un amant aveugle!

Ah! tiens, j'ai tort de gâter mon bonheur et d'affaiblir mon amour par ces petites recherches. Que m'importent quelques années de plus ou de moins? Jacques est beau, excellent, vertueux, estimé et admiré de tous ceux qui le connaissent, et il m'aime; je suis sûre de cela : que puis-je demander de plus?

IV.

De Clémence à Fernande.

Je reçois tes deux lettres à la fois : deux plaisirs en même temps! Ce serait presque trop, ma chère Fernande, si ces plaisirs n'étaient un peu inquiétés et troublés par toutes les incertitudes que me cause ta situation. Tu me demandes des conseils sur l'affaire la

plus importante et la plus délicate de la vie ;
tu me demandes des éclaircissemens sur des
choses que je ne sais pas, sur des personnes
que je ne connais pas, sur des faits que je n'ai
pas vus : comment veux-tu que je réponde?
Je ne puis que tirer des indices que tu me
donnes, quelque jugement incertain, expec-
tatif, que tu feras très-bien d'examiner long-
temps, et de soumettre à de nouvelles recherches avant de l'adopter.

Je ne connais pas M. Jacques : je ne puis
donc savoir à quel point tu peux passer par-
dessus les immenses inconvéniens de cette
différence d'âge ; mais je puis et je dois te les
signaler d'une manière générale. C'est à toi
de les rejeter, si tu es sûre qu'il n'y ait pas lieu
à en faire l'application.

On prétend que les hommes commencent
la vie sociale plus tard que les femmes, et
qu'ils sont plus jeunes de raisonnement et
d'expérience à trente ans que les femmes à

vingt : je crois que cela est faux. Un homme est obligé de se faire un état ou de se chercher une position sociale au sortir du collége : une jeune personne, au sortir du couvent, trouve sa position toute faite, soit qu'on la marie, soit que ses parens la tiennent pour quelques années encore aûprès d'eux. Travailler à l'aiguille, s'occuper des petits soins de l'intérieur, cultiver la superficie de quelques talens, devenir épouse et mère, s'habituer à allaiter et à laver des enfans : voilà ce qu'on appelle être une femme faite. — Moi, je pense qu'en dépit de tout cela une femme de vingt-cinq ans, si elle n'a pas vu le monde depuis son mariage, est encore un enfant. Je pense que le monde qu'elle a vu étant demoiselle, dansant au bal sous l'œil de ses parens, ne lui a rien appris du tout, si ce n'est la manière de s'habiller, de marcher, de s'asseoir et de faire la révérence. Il y a autre chose à apprendre dans

la vie, et les femmes l'apprennent tard et à
leurs dépens. Il ne suffit pas d'avoir de la
grâce, de la décence, une sorte d'esprit; il
ne suffit pas d'avoir allaité proprement ses
enfans, et tenu sa maison en ordre pendant
quelques années, pour être à l'abri de tous
les dangers qui peuvent porter de mortelles
atteintes au bonheur. Que de choses apprend
un homme, au contraire, dans l'exercice de
cette liberté illimitée qui lui est accordée à
peine au sortir de l'adolescence! que d'expé-
riences rudes, que de sévères leçons, que de
déceptions mûrissantes il peut mettre à profit
seulement dans le cours de la première année!
que d'hommes et de femmes il a pu étudier à
l'âge où la femme n'a encore connu que son
père et sa mère!

Il est donc faux qu'un homme de vingt-
cinq ans soit du même âge qu'une fille de
quinze, et que pour faire une union raison-
nablement assortie il faille établir dix ans

de différence entre le mari et la femme. Il
est bien vrai que le mari doit être le protecteur et le guide ; puisqu'il doit être le maître,
il est à désirer qu'il soit un maître prudent et
éclairé. Mais à âge presque égal , il a bien
assez de cette espèce de supériorité sur sa
femme ; s'il en a beaucoup plus , il en abuse ;
il devient grondeur, pédant, ou despote.

Supposons que M. Jacques soit incapable d'être jamais rien d'approchant ; accor-
dons-lui toutes les belles qualités. Je ne te
parle pas d'amour, moi ; je te fais la part
bien grande en te disant que je ne le crois
pas absolument nécessaire dans le mariage,
et je doute que tu en aies réellement pour
ton fiancé ; à ton âge on prend pour de l'a-
mour la première affection qu'on éprouve.
Je te parle d'amitié seulement, et je te dis
que le bonheur d'une femme est perdu quand
elle ne peut pas considérer son mari comme
son meilleur ami. Es-tu bien sûre de pou-

voir être maintenant la meilleure amie d'un
homme de trente-cinq ans? Sais-tu ce que
c'est que l'amitié? Sais-tu ce qu'il faut de
sympathie pour la faire naître? quels rapports de goûts, de caractères et d'opinions
sont nécessaires pour la maintenir? Quelles
sympathies peuvent donc exister entre deux
êtres qui, par la différence de leur âge, re-
çoivent des mêmes objets des sensations tout
opposées? quand ce qui attire l'un repousse
l'autre; quand ce qui paraît estimable au
plus âgé est ennuyeux au plus jeune; quand
ce qui semble agréable et touchant à la
femme est dangereux ou ridicule aux yeux du
mari? As-tu pensé à tout cela, pauvre Fernande? N'es-tu pas aveuglée par ce besoin
d'aimer qui tourmente misérablement les
jeunes filles? N'es-tu pas abusée aussi par
une certaine vanité secrète dont tu ne te rends
pas compte? Tu es pauvre, et un homme
riche te recherche et t'épouse. Il a des châ-

teaux, des terres ; il a une belle figure, de
beaux cheveux, des habits bien faits ; il te
semble charmant, parce que tout le monde
le dit. Ta mère, qui est la femme la plus in-
téressée, la plus fausse et la plus adroite du
monde, arrange les choses de manière à ce
que vous ne puissiez pas vous éviter. Elle te
fait peut-être croire qu'il est amoureux de
toi, après lui avoir fait croire que tu étais
amoureuse de lui ; tandis que vous ne vous
aimez peut-être ni l'un ni l'autre. Toi, tu es
comme ces petites pensionnaires qui ont par
hasard un cousin, et qui en sont inévita-
blement amoureuses, parce que c'est le seul
homme qu'elles connaissent. Tu es noble de
cœur, je le sais, et tu ne t'occupes pas plus
des richesses de M. Jacques que si elles n'exis-
taient pas ; mais tu es femme, et tu n'es pas
insensible à la gloire d'avoir fait, par ta beauté et ta douceur, un de ces miracles que la société voit avec surprise, parce qu'ils sont ra-

res en effet : un homme riche épousant une
fille pauvre.

Mais je te mets en colère, je parie ; je t'en
prie, ma chère enfant, ne prends pas tout
cela trop au sérieux. Ce sont des choses que
je t'engage à te dire courageusement à toi-
même et sur lesquelles il faut que tu t'inter-
roges sévèrement ; il est très-possible que tu
n'aies rien de commun avec elles. Alors ce
sera quelques feuilles de papier que j'aurai
barbouillées d'encre pour te rendre service,
et qui ne seront bonnes à rien. Je veux te dire
une autre chose qui, chez moi, n'est pas le
résultat d'un raisonnement, mais d'une répugnance instinctive ; je t'engage donc à t'en
préoccuper assez légèrement. Je n'aime pas
que le visage montre un âge différent de celui qu'on a. Cela me fait venir toutes sortes
d'idées superstitieuses ; et, quelque folles et
injustes qu'elles pussent être, il me serait
impossible d'accorder ma confiance à une

personne sur l'âge de laquelle je me serais
trompée de dix ans au premier coup d'œil.
Dans le cas où elle m'aurait semblé plus
jeune qu'elle ne l'est en effet, je penserais
que l'égoïsme, la sécheresse du cœur, ou une
froide nonchalance l'ont empêchée de sentir
l'atteinte des douleurs humaines, ou l'ont
rendue habile à éviter les fatigues morales qui
vieillissent tous les hommes. Dans le cas contraire, je penserais que les vices, la débau-
che, ou au moins une certaine sorte de fausse
exaltation, l'ont précipitée dans des désor-
dres et dans des fatigues qui l'ont vieillie plus
que de raison ; en un mot, je ne verrais pas
sans stupeur et sans effroi une infraction évi-
dente aux lois de la nature : il y a toujours là
quelque chose de mystérieux qu'il faudrait
examiner. Mais que peut-on examiner à ton
âge, et quand l'empressement de changer
d'état et de position *avant un mois* nous
ferme les yeux sur tous les dangers ?

Tu dis que M. Jacques est aimé et estimé de tous ceux qui le connaissent ; il me semble que ceux qui le connaissent et qui ont pu t'en parler sont en petit nombre. Si je repasse les chapitres de tes lettres précédentes où il en est question, je trouve que ce nombre se réduit à deux amis, M. Borel et sa femme. Ta mère l'a connu à l'âge de dix ans, et, comme elle était liée avec son père, elle peut avoir eu des renseignemens très-précis sur son héritage. Je crois qu'elle ne s'est pas souciée d'autre chose, pas même de te signaler le notable inconvénient d'avoir dix-huit ans de moins que ton mari. Elle savait très-bien l'âge de M. Jacques ; mais je comprends qu'elle ait évité d'en parler à qui que ce soit. Les femmes qui ne sont plus jeunes parlent rarement du passé sans en effacer toutes les dates.

Tu me reproches de ne pas aimer ta mère : je n'y saurais que faire, ma chère Fernande ; mais je suis charmée que tu ne lui ressembles en rien, et si quelque chose peut me consoler de la précipitation avec laquelle se conclut ton mariage, c'est qu'il te séparera bientôt d'elle : tu ne peux pas tomber en de plus mauvaises mains que celles dont tu vas sortir; sois sûre de ce que je te dis. Il m'importe peu que cela soit conforme aux saintes lois du préjugé ; il me paraît conforme à celles de la raison de t'éclairer sur le caractère d'une personne qui a tant de part dans ta vie; et la raison est le seul guide que je consulte, le seul Dieu que je serve.

Je croirais volontiers que la pénétration de M. Jacques n'est pas une chimère. Je suis persuadée de la rectitude des premiers jugemens, quand la personne qui les porte s'est habituée à rassembler toutes les facultés de l'observation pour les exercer à la fois sur la première impression reçue. Il a bien jugé de toi et de ta mère; cependant, à l'égard de celle-ci, il peut se faire que quelque souvenir

d'enfance aide beaucoup à l'aversion qu'il
a sentie en la retrouvant.

L'histoire de la vieille Marguerite ne me
semble pas comme à toi un grand sujet de
trouble et de consternation. M. Jacques s'est
comporté en homme d'esprit en t'aidant dans
tes petites charités ; mais je comprends fort
bien qu'il ait été ennuyé des litanies de la
mendiante. En ceci, je trouve l'occasion de
te faire observer que vous êtes destinés,
M. Jacques et toi, à différer toujours de sentimens et de conduite, même quand vous
aurez tous deux raison. Je souhaite qu'il sache toujours tolérer cette différence, et qu'il
te permette d'éprouver les émotions auxquelles son cœur sera fermé.

Adieu, ma bonne Fernande ; tu vois que je
n'ai aucune prévention contre la personne
de ton fiancé. D'ailleurs le jour où tu ne voudras plus entendre la vérité, il faudra cesser de me la demander.

Je vis toujours tranquille et heureuse au fond de mon abbaye. Les religieuses ont renoncé envers moi à toute espèce de tracasseries. Je reçois les visites que je veux, et je vais quelquefois dans le monde depuis que j'ai quitté le grand deuil de veuve. La famille de mon mari a d'assez bons procédés envers moi ; et, si ce n'est pas une très-aimable famille, j'ai agi avec prudence envers elle. La raison, ma chère Fernande ! la raison ! avec cela, on fait sa vie soi-même, et on la fait libre et calme, sinon brillante.

Ton amie,

Clémence de Luxeuil.

V.

De Fernande à Clémence.

L'amitié est bien bonne, mais la raison est bien triste, ma chère Clémence; ta lettre m'a donné un véritable accès de spleen. Je l'ai relue plusieurs fois et toujours avec une nouvelle mélancolie. Elle m'a mise en méfiance contre ma mère, contre Jacques, con-

tre moi, contre toi-même. Oui, j'avoue que
je t'en ai un peu voulu de me désenchan-
ter si durement de mon bonheur. Tu as raison pourtant, et je sens bien que tu es ma
véritable amie : c'est à toi que je demande
les conseils et l'appui que je n'ose réclamer
de ma mère. Je persiste à croire que tu penses trop mal d'elle, mais je suis forcée de
voir que son cœur est très-froid pour moi,
et qu'elle ne cherche dans mon mariage que
les avantages de la fortune.

Après tout, ce mariage ne l'enrichira pas ;
elle a le projet de vivre au Tilly, et de me laisser partir pour le Dauphiné avec mon mari.
Ainsi elle n'a aucun intérêt personnel dans
cette affaire. Elle croit que l'argent est le
premier des biens, et tous ses efforts tendent,
non à l'acquérir, mais à me le procurer. Puis-
je lui faire un crime de s'occuper de mon
bonheur à sa manière et selon ses idées ?

Quant à moi, je me suis examinée sévèrement, et je t'assure que la vanité ne m'influence en rien. J'avais tellement peur de m'aveugler à cet égard, que ce matin, après avoir relu ta lettre, j'ai eu envie de quereller un peu Jacques, afin d'éprouver mon amour et le sien. J'ai attendu que ma mère nous eût laissés seuls au piano, comme elle fait toujours après le déjeuner. Alors j'ai cessé de chanter pour lui dire brusquement : — Savez-vous, Jacques, que je suis bien jeune pour vous? — J'y ai pensé, m'a-t-il dit avec la figure tranquille qu'il a toujours. Est-ce que vous n'y aviez pas pensé encore?—C'eût été difficile, lui ai-je répondu, je ne savais pas votre âge. — En vérité! s'est-il écrié, et il est devenu plus pâle que de coutume; j'ai senti que je lui faisais de la peine, et je me suis repentie tout de suite. Il a ajouté :—J'aurais dû prévoir que votre mère ne vous le dirait pas; et pourtant je l'avais chargée de vous faire songer à la différence de

nos âges. Elle m'a dit l'avoir fait; elle m'a
dit que vous étiez bien aise de trouver en
moi un père, en même temps qu'un amant.
— Un père! ai-je répondu; non, Jacques, je
n'ai pas dit cela.—Jacques a souri, et me bai-
sant au front, il s'est écrié : — Tu es franche
comme une sauvage, je t'aime à la folie, tu
seras ma fille chérie; mais si tu crains qu'en
devenant ton père je ne devienne ton maître,
je ne t'appellerai ma fille que dans le secret
de mon cœur. Cependant, a-t-il dit un instant après en se levant, il est possible que je
sois trop vieux pour toi. Si tu le trouves, je
le suis en effet. — Non, Jacques! non! ai-je
répondu vivement en me levant aussi. — Ne
t'abuse pas, a-t-il repris, j'ai trente-cinq ans,
dix-huit belles années de plus que toi. Est-
ce que vous ne vous en étiez jamais aperçue?
Est-ce que cela ne se lit pas sur mon visage?
—Non, la première fois que je vous ai vu, j'ai
cru que vous aviez vingt-cinq ans, et depuis

je vous en ai toujours donné trente. — Vous
ne m'avez donc jamais regardé, Fernande ?
Regardez-moi bien, je le veux; je détournerai
les yeux pour ne pas vous intimider. — Il
m'a attirée vers lui et a détourné les yeux en
effet. Alors je l'ai examiné avec attention,
et j'ai découvert qu'il avait au-dessous des
paupières et aux coins de la bouche quelques rides imperceptibles, et sur ses tempes
quelques cheveux blancs mêlés à une forêt
de cheveux noirs ; c'est là tout. Voilà toute
la différence d'un homme de trente-cinq ans
à un homme de trente! me suis-je dit; et je me
suis mise à rire de cette idée qu'il avait de
se faire regarder. —Je vais vous dire la vérité,
lui ai-je dit : votre figure, telle qu'elle est, me
plaît beaucoup mieux que la mienne; mais
je crains que cette différence d'âge ne se fasse
sentir dans votre caractère.—Alors j'ai tâché
de lui exposer tous les doutes que renferme
ta lettre, comme s'ils venaient de moi. Il m'a

écoutée avec beaucoup d'attention et avec
une sérénité de visage qui m'avait déjà rassurée avant qu'il me parlât. Quand j'ai eu
tout dit, il m'a répondu : — Fernande, deux
caractères semblables ne se rencontrent jamais ; l'âge n'y fait rien : à quinze ans j'étais
beaucoup plus vieux que vous sous de certains rapports, et sous d'autres je suis encore
aujourd'hui plus jeune que vous. Nous dif-
férerons sur beaucoup de points, je n'en doute
pas, mais vous aurez moins à souffrir de cela
avec moi qu'avec tout autre. Est-ce que vous
ne le croyez pas ?—Que voulais-tu que je ré-
pondisse? Du moment qu'il me le dit, je le
crois en effet. Il a l'air si sûr de son fait ! Ah!
Clémence, il est possible qu'il me trompe ou
qu'il se trompe lui-même, mais il est impossible que je me trompe aussi sur l'amour que
j'ai pour lui ; non, ce n'est pas le besoin d'aimer d'une petite pensionnaire. J'ai vu d'autres hommes avant lui, et nul ne m'a inspiré

de sympathie. La maison d'Eugénie est toujours pleine d'hommes plus jeunes, plus gais, plus brillans et plus beaux peut-être que Jacques; je n'ai jamais désiré d'être la femme d'aucun de ceux-là. Je ne me jette pas en aveugle dans les séductions d'une position nouvelle : tes lettres me font beaucoup d'effet; je les commente, je les apprends par cœur, j'en applique à chaque instant un passage aux entraînemens de mon amour, et je vois que la prudence est inutile, que la raison est impuissante. J'aperçois les dangers où cet amour peut me précipiter, et la crainte d'être malheureuse avec Jacques ne m'ôte pas le désir de passer ma vie près de lui.

Tu dis que deux amis seulement m'ont dit du bien de Jacques. Je veux te raconter la conversation qui eut lieu à Cerisy chez les Borel, il y a quelques jours. Il y avait là cinq ou six compagnons d'armes de M. Borel; Jacques avait l'air un peu plus sérieux que de

coutume, mais sa figure et ses manières expri-
maient toujours la même tranquillité d'ame.
Il prit une tasse de café, et fit quelques tours
de promenade dans l'appartement sans rien
dire. — Eh bien! Jacques, comment vous
trouvez-vous? lui demanda Eugénie.—Mieux,
répondit-il d'un air doux.—Il a donc été malade? demandai-je étourdiment.—Je vis tous
les regards de ces messieurs se tourner vers
moi, et un certain sourire de bienveillance
un peu moqueuse peut-être sur tous les visages. Je sentis que je devenais rouge; mais
cela m'était égal, j'étais inquiète de Jacques;
je réitérai ma question.—J'ai eu quelques douleurs de tête, répondit-il en me remerciant
par un regard affectueux; mais ce n'est rien
du tout, et ne vaut pas la peine qu'on s'en
occupe.—On parla d'autre chose, et il sortit.
—Je crains que Jacques ne soit réellement
malade, dit Eugénie en le regardant s'éloigner. — Mais il faudrait savoir s'il n'a pas

besoin de soins, dit ma mère en affectant
beaucoup d'intérêt. — Oh! il faut surtout le
laisser tranquille, dit M. Borel brusquement;
il ne peut pas supporter qu'on s'occupe de
lui quand il souffre. — Parbleu! il a de quoi
souffrir, dit un de ces messieurs, il a sur la
poitrine deux ou trois belles blessures qui
auraient tué tout autre que lui. — Il en souffre rarement, dit Eugénie; mais je crains
qu'aujourd'hui il n'ait beaucoup souffert. —
Qui est-ce qui peut jamais savoir si Jacques
souffre? reprit M. Borel. Est-ce que Jacques
est fait de chair humaine? — Je crois bien
que oui, dit un vieux capitaine de dragons;
mais je crois que c'est l'ame d'un diable qui
est dans ce corps-là. — C'est l'ame d'un ange
plutôt, dit Eugénie. — Ah! voilà madame
Borel qui parle comme les autres, reprit le
vieux capitaine; je ne sais pas ce que Jacques
chante à l'oreille des femmes, mais elles ne
parlent jamais de lui que comme d'un chéru-

bin ; et nous, pauvres pécheurs, on oublie
nos vertus *civiles et militaires*. (Ceci est une
plaisanterie favorite du capitaine.) — Oh !
pour moi, dit Eugénie, je professe une espèce
de religion pour notre Jacques, et mon mari
l'ordonne ainsi à tous ceux qui sont ici. — On
m'adressa indirectement quelques épigram-
mes affectueuses, qui avaient la meilleure volonté du monde de me faire plaisir, mais qui
m'embarrassèrent un peu. Je pris le bras de
mademoiselle Regnault, et je sortis comme
pour faire un tour de jardin ; mais je lui con-
fessai que je mourais d'envie d'entendre le
reste de la conversation sur Jacques, et elle
me conduisit auprès d'une fenêtre d'où l'on
entend tout ce qui se dit dans le salon. J'entendis la voix de M. Borel, et je compris
qu'il parlait à un de ces messieurs qui ne
connaît Jacques que très-peu. — Vous voyez
bien la figure pâle et l'air distrait de Jacques,
disait-il. Je ne sais pas si vous avez fait atten-

tion à ce petit *chantonnement* qu'il fait dans sa barbe quand il charge sa pipe, ou quand il taille son crayon pour dessiner ? Eh bien ! quand il souffre beaucoup, tous ses témoignages de douleur et d'impatience se réduisent à cette petite chanson. Je la lui ai entendu faire en plusieurs occasions où je n'avais pas envie de chanter : à Smolensk, quand on m'a amputé deux doigts du pied, et quand on lui a retiré deux balles qui s'étaient proprement logées entre deux de ses côtes ; moi je jurais comme un damné, M. Jacques chantonnait. — Ici M. Borel se mit à imiter parfaitement le petit *Lila Burello* de Jacques. Ces messieurs se prirent à rire. Quant à moi, l'image que ce récit m'avait fait passer devant les yeux, Jacques sanglant, chantant sous le fer du chirurgien, m'avait donné une sueur froide, et je vis bien encore, à cette impression-là, que j'aime Jacques ; car j'étais bien indifférent aux douleurs de M. Borel, et tandis qu'Eugénie sans doute frémissait en y pensant, il m'était absolument égal qu'il eût deux ou trois doigts de plus ou de moins au pied.

—Vous souvenez-vous, dit une autre voix, de l'arrivée de Jacques au régiment, la veille de ***?—Ah, brave Jacques! il avait seize ans, dit un autre interlocuteur; il avait l'air d'une jolie petite demoiselle. Ils étaient là cinq ou six enfans de famille, débarqués depuis une heure, enveloppés de surtouts fourrés par leur maman, gentils, bien peignés, roses et pas trop contens de coucher à l'auberge, en plein champ. Jacques était là aussi avec sa petite mine pâle déjà, un petit commencement de moustache et sa petite chanson entre les dents. L'un disait : Celui-là est le plus ridicule de tous; il veut faire le luron, et il est déjà blanc comme un linge. Un autre disait : M. Jacques est le César de la société; au premier coup de canon, il chantera sur un autre ton. — Lorrain... Qui est-ce qui se souvient

du lieutenant Lorrain, avec son grand diable
de nez, ses mauvaises plaisanteries et son
album de caricatures, qui ne le quittait pas
plus que son sabre? Un habile dessinateur,
ma foi, et le meilleur tireur du régiment.
Voilà que mon animal, à la lueur du feu de
bivouac, s'amuse avec un bout de charbon
à vous crayonner la charge de Jacques et de
ses petits compagnons, avec des éventails et
des ombrelles; il avait écrit au-dessous : *Gens
riches allant à la bataille.* Jacques passe derrière lui, se penche sur son épaule et dit,
avec l'air doux et gentil qu'il a toujours conservé : —C'est très-joli cela ! — Vous en êtes
content? dit Lorrain.—Très-content, répond
Jacques. — Et moi aussi, reprend Lorrain.
Tout le monde de rire. Jacques s'assied sans
se déconcerter le moins du monde et me prie
de lui prêter ma pipe. J'avais envie de la lui
casser sur la figure. — Est-ce que vous n'en
avez pas une?—Non, répond-il, je n'ai jamais

fumé de ma vie ; j'ai envie d'essayer : comment s'y prend-on ? — On allume ce côté-là
et on le met dans sa bouche , et puis on tire
de toutes ses forces jusqu'à ce que la fumée
sorte par le côté opposé. — Jacques secoue
la tête d'un air de simplicité, et prend la pipe.
Nous espérions le voir tousser ou s'enivrer ;
chacun charge la sienne et la lui présente
l'une après l'autre , en lui versant des rasades
d'eau-de-vie à griser un bœuf. Je ne sais pas
s'il les escamotait ; mais sa figure ne fit pas un
pli , son gosier n'eut pas une convulsion ; il
but et fuma la moitié de la nuit sans sortir
de son sang-froid et sans se laisser entamer
par la moindre taquinerie : on eût dit que sa
nourrice l'avait élevé avec de l'eau-de-vie et
de la fumée de pipe. Le capitaine Jean, que
voilà , et qui se souvient bien de ce que je raconte , vint me taper sur l'épaule et me dire :
— Vous voyez bien cet oiseau-mouche? Eh
bien ! je vous dis , Borel , que ce sera une de

nos meilleures moustaches. Je connais cela :
c'est une petite race de vieux buis bien sec,
et c'est plus solide qu'une grande massue de
fer. Son père est un brigand, mais un sa-
breur. Celui-ci aura plus de sang-froid, et si
un boulet ne le raye pas demain de mes ta-
blettes, il fera vingt campagnes sans se plaindre des cors au pied. Le lendemain, chacun sait
comme Jacques fit ses preuves et fut décoré
sur le champ de bataille.—Vous croyez qu'il
était glorieux après cela, dit le capitaine de
dragons, qu'il sautait comme font les enfans
à qui ces fortunes-là arrivent, ou bien qu'il
s'en allait dans les petits coins, comme nous
faisions, nous autres, pour regarder sa croix
et la baiser? Il avait l'air aussi indifférent à
cela qu'il l'avait été à la caricature de Lorrain,
au premier feu et à sa première blessure. Il
reçut toutes les poignées de main d'un air
franc et amical, mais sans montrer ni éton-
nement ni joie. Je ne sais pas ce qui peut

faire rire ou pleurer Jacques ; et, quant à moi,
je me suis souvent demandé si ce n'était pas
un de ces spectres auxquels croient les Al-
lemands. — Vous n'avez donc pas vu Jacques
amoureux ? dit M. Borel. Alors vous l'auriez
vu fondre comme la neige au soleil ; il n'y a
que les femmes qui aient du pouvoir sur cette
tête-là. Aussi y ont-elles fait de fiers ravages !
En Italie...... M. Borel s'interrompit, et je
compris que quelqu'un, Eugénie sans doute,
lui avait fait signe de se taire. Cela me donna
une impatience, une curiosité et une inquiétude épouvantables.

— Je voudrais savoir', dit Eugénie après
un instant de silence, où il a trouvé le temps
d'apprendre tout ce qu'il sait en littérature,
en poésie, en musique, en peinture ? — Qui
diable le sait ? répondit le capitaine : moi, je
crois qu'il est venu au monde comme ça ;
ce qu'il y a de sûr, c'est que ce n'est pas moi
qui le lui ai appris. — Sous ce rapport, dit

ma mère, je crois pouvoir présumer que
son éducation était faite avant qu'il entrât
au service. Je l'ai connu à l'âge de dix ans,
et il était extraordinairement instruit pour
son âge. Il avait l'aplomb et l'assurance
d'un homme; il a dû se développer remarquablement vite. — Le capitaine Jean
a bien un peu raison, observa M. Borel,
quand il dit que Jacques n'appartient pas
tout-à-fait à l'espèce humaine : il y a dans
son corps et dans son esprit une trempe
d'acier dont le secret est perdu sans doute.
Ainsi, jusqu'à l'âge de vingt-cinq ans, il a
paru plus âgé qu'il ne l'était en effet; et depuis ce temps-là il paraît plus jeune qu'il ne
l'est réellement. — Je n'oublierai jamais, reprit une autre personne, la manière dont il
s'est comporté à son premier duel. — Parbleu! c'était précisément avec Lorrain, dit
le capitaine Jean; c'est moi qui l'ai forcé de
se battre. Je l'aimais de tout mon cœur cet

enfant-là ! — Comment ! vous l'avez *forcé ?*
dit la personne qui ne connaissait pas Jacques, et à qui s'adressaient presque tous ces
récits. — Je vais vous dire comment, reprit
le capitaine. Jacques s'était certainement bien
montré à la bataille de *** ; mais autre chose
est de se faire respecter du canon et de se
faire estimer de ses camarades. Ce n'est pas
que dans ce moment-là on fût très-duelliste
dans l'armée ; on était assez occupé avec l'en-
nemi : néanmoins le lieutenant Lorrain ne
passait pas un jour sans se faire une affaire petite ou grande avec quelque nouveau-venu.
Il n'était pas, à beaucoup près, aussi solide
sur le champ de bataille ; mais, dans une affaire particulière, il avait si beau jeu, qu'on
ne lui reprochait rien impunément. Je n'aimais pas ce gaillard-là, et j'aurais donné mon
cheval pour qu'on me débarrassât de sa vue.
Je l'avais manqué deux fois, et j'en avais été
pour mes frais : une fois ce poignet-ci, et

l'autre fois cette joue-là. Il ne pouvait pas souffrir notre petit Jacques, et il était furieux de la manière dont il avait mis les rieurs de son côté à ***. Il n'avait rien mérité, rien gagné, lui, pas même une égratignure! Il se consolait en faisant des caricatures au moyen desquelles il tournait Jacques en ridicule; car ses diables de charges étaient si bien faites, qu'en les regardant il fallait rire malgré qu'on en eût. Cela m'impatientait. Un soir, il avait dessiné le dolman de Jacques sur le dos d'un petit chien. C'était trop fort : je vais trouver Jacques, qui dormait sur l'herbe; je lui dis : Jacques, il faut que tu te battes. — Avec qui? dit-il en bâillant et en étendant les bras. — Avec Lorrain. — Pourquoi? — Parce qu'il t'insulte. — Comment? — Est-ce que ces caricatures ne t'offensent pas? — Pas du tout. — Mais il se moque de toi. — Qu'est-ce que cela me fait? — Ah! ça, Jacques, est-ce que tu n'es brave qu'à la mêlée? — Je n'en sais

rien.—Là-dessus je dis un mot que je ne répé-
terai pas devant ces dames. — Parle plus bas,
Jacques, et prends garde de ne jamais répéter devant personne ce que tu viens de me
dire là.—Pourquoi donc, Jean? me dit-il en
bâillant comme un désespéré. — Tu dors,
camarade! lui dis-je en le secouant de toute
ma force. — Quand tu m'auras cassé les os,
me dit-il avec son sang-froid ordinaire, crois-
tu que je serai plus persuadé? Comment
veux-tu que je te dise si je suis brave en duel?
je ne me suis jamais battu. Si tu m'avais demandé, la veille de la bataille, comment je
me conduirais, je t'aurais dit la même chose.
J'ai fait le premier essai de mon caractère
militaire ce jour-là; à présent, s'il en faut
faire un second, je ne demande pas mieux,
mais je ne sais pas mieux que toi comment
je m'en tirerai. — C'était un drôle de corps
que ce petit Jacques avec ses petits raisonne-
mens de philosophe. J'étais sûr de lui comme

de moi, malgré tout ce qu'il me disait pour m'en faire douter. — Je t'estime, lui dis-je, parce que tu n'es pas un fanfaron, et que tu as du cœur. L'amitié que j'ai pour toi me force à te dire qu'il faut te battre. — Je le veux bien; mais trouve-moi une raison pour le faire sans être un sot. Je t'avoue que vouloir tuer un homme parce qu'il s'amuse à dessiner ma pauvre personne d'une manière bouffonne et plaisante, cela ne me paraît pas possible : moi, je ne suis pas en colère contre ce Lorrain; il m'amuse beaucoup au contraire, et je serais au désespoir de tuer un homme qui fait de si drôles de calembours. — Il faut tâcher de le toucher au bras droit et de l'empêcher de jamais faire la caricature de personne. — Jacques haussa les épaules, et se rendormit. Je n'étais pas content de cela; j'attendis le lendemain matin, et je dis à Lorrain : Sais-tu que Jacques ne prend plus si bien la plaisanterie? Il a dit qu'à la première caricature il

se battrait avec toi. — Bien ! dit Lorrain,
je ne demande pas mieux.—Il prend alors un
bout de charbon, et, sur un grand mur blanc
qui se trouvait là, il vous fait un Jacques gi-
gantesque avec le nom et la décoration; rien
n'y manquait. Je rassemble les amis, et je
leur dis : Que feriez-vous à la place de Jacques? — Cela n'est pas douteux, répondent-
ils.—Je vais chercher Jacques :—Jacques, les
anciens ont décidé qu'il faut te battre. — Je
veux bien, dit Jacques en regardant son por-
trait : ça n'en vaut, ma foi, pas la peine.
Vous pensez donc, vous autres, que je suis
insulté?—Insultissimus! répond un facétieux.
—Allons, dit Jacques, qu'est-ce qui veut me
servir de témoin?—Moi, dis-je, et Borel.—
Lorrain arrive pour déjeuner; Jacques va
droit à lui, et, comme s'il lui eût offert une
prise de tabac, lui dit : Lorrain, on dit que
vous m'avez insulté; si c'a été votre intention
en effet, je vous en demande raison. — C'a

été mon intention, répond Lorrain, et je vous en rendrai raison dans une heure. Je vous laisse le choix des armes. — A quelles armes faut-il que je me batte? dit Jacques en revenant allumer sa pipe à la mienne. — A celle que tu connais le mieux. — Je n'en connais aucune, dit Jacques; je suis une recrue, moi; Dieu ne m'a pas fait naître soldat. — Comment, malheureux! lui dis-je, tu ne connais aucune arme, et tu t'engages avec un malin comme Lorrain? — Vous m'avez dit de le faire, je l'ai fait, dit Jacques. — Eh bien! tu sais sabrer, bats-toi au sabre. — Comment s'y prend-on?—Comme on peut quand on ne sait pas.—A la bonne heure! dit Jacques; quand Lorrain sera prêt, vous m'appellerez. — Et il se met à dormir sur une table. A l'heure dite, mon Lorrain se présente sur le terrain d'un air persiffleur. Il faisait toutes sortes de moqueries, et affectait de laisser à Jacques tous les avantages. Voilà Jacques qui

prend un sabre plus long que lui, qui, avec
ses petits bras le fait voltiger par-dessus sa tête,
et vient sur son homme, tapant à droite,
à gauche, en avant, au hasard, mais tapant
dru, battant en grange, ne s'inquiétant pas
de parer, mais d'avancer. Quand Lorrain vit
cette manière d'agir, il recula, et demanda
ce que cela voulait dire. — Cela veut dire,
lui répondis-je, que Jacques ne sait pas tirer
le sabre, et qu'il fait comme il peut.—Lorrain reprit courage et avança ; mais il reçut
aussitôt sur l'épaule droite une si bonne en-
tamure, qu'il s'en trouva satisfait, et n'en demanda pas davantage. De cette affaire-là, il
resta plus de six mois sans se battre et sans
dessiner. —

On parla encore long-temps de Jacques ;
et si je ne craignais de te fatiguer avec mes
récits, je te raconterais de quelle manière
vraiment héroïque Jacques supporta ses hor-
ribles souffrances de la campagne de Russie.

Ce sera pour une autre fois, si tu veux :
aujourd'hui, ce besoin de te parler de lui m'a
conduite assez loin ; il est temps que je te dé-
livre de mon griffonnage, et que j'aille me
coucher. Adieu, mon amie.

VI.

Quand ma souffrance s'endort , pourquoi
la réveilles-tu , imprudente Sylvia? Je sais
bien que je n'en guérirai pas : crains-tu que je
ne l'oublie? Mais de quoi donc as-tu peur? et
quelle page de ma vie peut te paraître bizarre
quand elle est signée de Jacques? Est-ce de

me voir amoureux que tu t'étonnes? est-ce
mon amour, est-ce mon mariage qui t'effraie?

Moi, si je pouvais m'épouvanter de quelque chose, ce serait de me sentir si heureux;
mais je l'ai été plus d'une fois, et plus d'une
fois j'ai su y renoncer. Quand le temps sera
venu de me vaincre, je me vaincrai.—J'aime
du plus profond de mon cœur une vierge,
une enfant belle comme la vérité, vraie comme
la beauté, simple, confiante, faible peut-être,
mais sincère et droite comme toi. Pourtant
Fernande n'est pas ton égale; nulle ne
l'est en ce monde, Sylvia; c'est pourquoi je
ne la cherche pas. Je ne demanderai pas à
cette jeune fille la force et l'orgueil qui te font
si grande; mais je trouverai en elle les douces
affections, les tendres prévenances dont mon
cœur sent le besoin. J'ai soif de repos, Sylvia;
il y a long-temps que je marche seul dans un
chemin pénible; il faut que je m'appuie sur

un cœur paisible et pur : le tien ne peut pas m'appartenir exclusivement; il faut que je m'empare de celui-ci, qui n'a encore connu que moi.

Oui, Fernande est *une sauvage*. Si tu voyais ses longs cheveux blonds se détacher et tomber en désordre sur ses épaules au moindre mouvement de sa jeune pétulance; si tu voyais ses grands yeux noirs, toujours étonnés, toujours questionneurs, et si ingénus quand l'amour en adoucit la vivacité; si tu entendais le son un peu brusque de cette voix nette et accentuée, tu reconnaîtrais, à des indices indubitables, la franchise et l'honnêteté. Fernande a dix-sept ans; elle est petite, blanche, un peu grasse, mais élégante et légère cependant. Ses yeux et ses sourcils noirs, au-dessous d'une forêt de cheveux blonds, donnent un caractère particulier à sa beauté. Son front n'est pas très-élevé, mais il est purement dessiné et annonce une intel-

ligence plutôt docile que saisissante, plutôt
capable de mémoire que d'observation. En
effet, elle arrange et emploie convenablement
ce qu'elle sait, et ne découvre rien par elle-
même. Je ne te dirai pas, comme font tous
les amans, que son caractère et son esprit
sont faits exprès pour assurer le bonheur de
ma vie. Ce serait une phrase de clerc de no-
taire, et l'approche du mariage ne m'a pas
encore rendu imbécile à ce point. Le caractère de Fernande est ce qu'il est; je l'étudie, je le possède, et je traiterai avec lui en
conséquence. Quand j'étais jeune, je croyais
à un être créé pour moi. Je le cherchais dans
les natures les plus opposées, et quand je
désespérais de le trouver dans l'une, je me
hâtais de l'espérer dans une autre. C'est ainsi
que j'ai aggravé mes maux, et que j'ai souvent connu le découragement. Amour romanesque! tourment et chimère des années fé-
condes de la vie!

Ne vous trompez pas sur moi, cependant, Sylvia : je ne suis pas un homme blasé qui se retire des passions pour vivre bourgeoisement avec une femme simple, gentille et rangée ; je suis un homme encore bien jeune de cœur, qui aime fortement une jeune fille, et qui l'épouse pour deux raisons : la première, parce que c'est l'unique moyen de la posséder ; la seconde, parce que c'est l'unique moyen de l'arracher des mains d'une méchante mère, et de lui procurer une vie honorable et indépendante. Vous voyez que c'est un mariage d'amour : je ne m'en défends pas. Si cette détermination entraînait tous les maux que vous craignez, ce qu'il y a de vieux en moi, l'esprit et la volonté, aurait pris le dessus, et j'aurais fui avant de m'abandonner à mon cœur ; mais ces maux sont imaginaires, Sylvia, et je vais te le prouver.

Je n'ai pas changé d'avis, je ne me suis pas réconcilié avec la société, et le mariage est tou-

jours, selon moi, une de ses plus odieuses in-
stitutions. Je ne doute pas qu'il ne soit aboli,
si l'espèce humaine fait quelque progrès vers
la justice et la raison : un lien plus humain et
non moins sacré remplacera celui-là, et saura
assurer l'existence des enfans qui naîtront
d'un homme et d'une femme, sans enchaîner
à jamais la liberté de l'un et de l'autre. Mais
les hommes sont trop grossiers et les femmes
trop lâches pour demander une loi plus noble
que la loi de fer qui les régit : à des êtres
sans conscience et sans vertu, il faut de lour-
des chaînes. Les améliorations que rêvent
quelques esprits généreux sont impossibles
à réaliser dans ce siècle-ci : ces esprits-là ou-
blient qu'ils sont de cent ans en avant de leurs
contemporains, et qu'avant de changer la
loi, il faut changer l'homme.

Quand on est de ceux-là, quand on se sent
moins brute et moins féroce que la société
où l'on est condamné à vivre et à mourir, il

faut ou lutter corps à corps avec elle, ou s'en
retirer tout-à-fait. J'ai fait l'un, je veux faire
l'autre. J'ai vécu seul, méprisant l'activité
d'autrui, et me lavant les mains devant Dieu
des impuretés de la race humaine; à présent
je veux vivre deux, et donner à un être semblable à moi le repos et la liberté qui m'ont
été refusés de tous. Ce que j'ai amassé de force
et d'indépendance durant toute une vie de
solitude et de haine, je veux en faire profiter l'objet de mon affection, un être faible,
opprimé, pauvre, et qui me devra tout; je
veux lui donner un bonheur inconnu ici-bas;
je veux, au nom de la société que je méprise,
lui assurer les biens que la société refuse aux
femmes. Je veux que la mienne soit un être
noble, fier et sincère : telle que la nature l'a
faite, je veux la conserver, je veux qu'elle
n'ait jamais ni besoin ni envie de mentir. J'ai
embrassé cette idée-là comme un but à ma
triste et stérile existence, et je me persuade

que si je réussis, ma vie ne sera pas absolument perdue.

Ne souris pas, Sylvia ; ce ne sera pas une petite chose : cela sera peut-être plus grand devant Dieu que les conquêtes d'Alexandre. J'y emploierai tout mon courage, toute ma force ; j'y sacrifierai tout, s'il le faut : ma fortune, mon amour, et ce que les hommes appellent leur honneur ; car je ne me dissimule pas les difficultés de mon entreprise, et ce que la société y apportera d'obstacles. Je sais combien ses préjugés, sa jalousie, ses menaces, sa haine, entraveront mes pas et glaceront de terreur celle que j'ai prise par la main pour la faire marcher avec moi dans ce chemin désert ; mais je surmonterai tout, je le sens, je le sais. Si mon courage faiblissait, ne serais-tu pas là pour me dire : Jacques, souviens-toi de ce que tu as promis à Dieu !

VII.

De Fernande à Clémence.

Tilly, le....

Tu es une moqueuse ; tu dis que j'imite le jargon des grognards, comme si j'avais composé dix vaudevilles : cependant tu dis que j'ai bien fait de te raconter tout cela ; et moi aussi, je le pense, car te voilà à demi récon-

ciliée avec Jacques ; ce caractère froidement
brave te plaît, et à moi donc !

J'ai suivi ton conseil, et je ne sais trop
quelle conclusion je dois tirer de la conversation que j'ai eue avec les Borel. Je te la trans-
mets, au risque d'être encore traitée de petite
perruche : tu me diras ce que tu en penses.

L'occasion s'est offerte à moi on ne peut
meilleure. Maman avait été faire une visite à
notre voisine, madame de Bailleul, quand
Eugénie et son mari sont arrivés. Jacques
avait été appelé à Tours pour une affaire.—Je
suis enchantée de me trouver seule avec vous,
leur ai-je dit ; j'ai beaucoup de questions à
vous faire à tous deux. D'abord, êtes-vous
bien mes amis ? suis-je indiscrète de compter
sur vous comme sur moi-même ? — Eugénie
m'a embrassée, et son mari m'a tendu la
main d'une grosse façon militaire que ma
mère eût trouvée de bien mauvais ton, mais
qui m'a inspiré plus de confiance que tous

les complimens du monde. —Il faut que vous me parliez de Jacques, leur ai-je dit; vous ne m'en avez jamais dit que du bien; il est impossible que vous n'ayez pas un peu de mal à m'en dire. — Qu'est-ce que cela signifie? s'est écriée Eugénie. — Ma bonne amie, lui ai-je répondu, je vais m'engager sans retour et bien précipitamment avec un homme que je connais très-peu : ce serait une grande folie, si vous n'étiez garans du noble caractère de cet homme-là. Maintenant je ne songe pas à m'en dédire, car il sait, et vous savez tous que je l'aime; mais, malgré cela, et même à cause de cela, je voudrais le connaître mieux et pouvoir me tenir en garde contre les défauts grands ou petits qu'il peut avoir. Vous m'avez dit, dans un temps où aucun de nous ne songeait qu'il pouvait devenir mon mari, qu'il avait beaucoup de singularités; maintenant il m'intéresse extrêmement de savoir quelles sont ces singularités, afin de n'en pas

blesser quelqu'une involontairement, et d'é-
viter tout ce qui peut les éveiller. Je n'en ai
encore aperçu que l'ombre, et je me demande souvent s'il est possible qu'un homme
soit aussi parfait que Jacques me semble l'ê-
tre. Je veux me défendre de l'aveuglement et
de l'enthousiasme : je vous en prie, mes amis,
parlez-moi, éclairez-moi.

— Cela est embarrassant en diable, a répondu M. Borel, et je ne sais que vous dire.
Vous êtes si franche et si bonne enfant, mademoiselle, que si vous étiez ma propre sœur, je
ne pourrais pas avoir plus d'estime et d'amitié pour vous que je n'en ai. D'un autre côté,
Jacques est mon plus ancien, mon meilleur
ami ; il m'a porté sur ses épaules en Russie
pendant plus de trois lieues. Oui, mademoiselle, le petit Jacques a porté le gros animal que voilà, qui sans lui serait crevé de
froid à côté de son cheval ; et il a manqué
mourir lui-même par suite de ce léger far-

deau. Je vous ai raconté cela peut-être : je pourrais vous raconter tant d'autres choses ! Des dettes payées, des duels accommodés, des coups parés tant à la bataille qu'au cabaret, des services à n'en pas finir ; et moi, qu'est-ce que j'ai fait pour lui ? rien du tout. Ai-je le droit à présent de parler de lui comme je le ferais d'un autre? — A tout autre qu'à moi, non, certainement, ai-je répondu ; mais à moi, je crois que vous le devez. — Je ne sais pas, je ne sais pas ! je vous aime bien, ma chère mademoiselle Fernande ; mais, voyez-vous, j'aime Jacques encore plus que vous. — Je le crois bien ; mais ce n'est pas dans mon intérêt seulement, c'est dans celui de Jacques que je vous interroge. — Fernande a raison, a dit Eugénie ; il faut qu'elle connaisse son mari pour lui éviter de petits chagrins, et peut-être de grandes contrariétés. Elle dit qu'elle aime Jacques, et que ce ne seront pas de petites raisons qui pourront la dégoûter de lui : il faut croire ce que dit Fernande ; elle ne ment pas : moi, je tiens sa parole pour sacrée. Comme, d'un autre côté, je sais qu'il est impossible de trouver un reproche un peu grave à faire à Jacques, je ne vois pas le moindre inconvénient à lui dire tout ce que tu sais. Pour moi, j'ai souvent entendu raconter les originalités de Jacques, mais je déclare que je n'en ai vu aucune, et que depuis trois mois qu'il demeure chez nous, je n'ai jamais eu sujet de m'étonner de rien, si ce n'est de sa douceur, de son égalité de caractère et du calme de son esprit. — Voilà que tu fais ce que je ne voudrais pas faire, interrompit son mari : tu parles contre la vérité. Il est vrai que tu mens sans le savoir. Toutes les femmes voient Jacques avec prévention, jusqu'à la mienne, qui certainement est une femme sensée. — Eh bien! moi, je veux l'être encore plus, ai-je dit ; je veux le voir tel qu'il est. Parlez, mon cher colonel :

Jacques est-il d'un caractère fantasque? a-t-il des caprices, des emportemens? — Des emportemens? non ; ou, s'il en a, je ne les ai jamais aperçus : il est doux comme un agneau. — Mais des caprices? — Je vous répondrai à une condition : c'est que vous me permettrez de raconter à Jacques notre conversation mot pour mot, et dès ce soir. — Cette demande m'a un peu embarrassée.—Comment, me suis-je dit, Jacques saura que je l'ai soupçonné de n'être pas toujours dans son bon sens? que j'ai demandé à ses amis les petits secrets de son caractère, au lieu de l'interroger franchement et de m'en rapporter à lui? — Vous ne vous en souciez pas, a dit le colonel : eh bien! laissons là ce sujet; dispensez-moi de vous répondre; je vous promets sur l'honneur de ne pas dire à Jacques que vous m'avez interrogé. — J'ai peut-être eu tort de le faire, ai-je répondu; mais, puisque je l'ai fait, j'en veux subir toutes les con-

séquences : il me paraîtrait plus déloyal de
m'en cacher que de persister. Parlez donc ;
j'accepte les conditions. — Il s'est enfin décidé, et il m'a parlé de Jacques à peu près
dans ces termes :

—Je ne sais pas comment Jacques est avec
les femmes ; ainsi je ne vois pas trop à quoi
vous servira ce que je vais vous dire. Toutes
les femmes que j'ai vues raffolent de lui, et
je ne sache pas qu'aucune de celles qui l'ont
aimé ait eu un seul reproche à lui faire. Moi,
qui l'aime de tout mon cœur, je lui en veux
souvent ; pourquoi ? je n'en sais trop rien.
Je le trouve sec , fier, méfiant ; je suis en colère de ce qu'il sait si bien se faire aimer en
de certains momens. Il y en a d'autres où il
semble qu'il ne vous connaît plus. — Mais
qu'as-tu donc, Jacques ?— Rien.—Souffres-
tu ? — Non. — As-tu quelque chose qui te
contrarie ? — Bah ! — Mais enfin tu n'es pas
dans ton humeur ordinaire ?— Si fait. — Tu

veux que je te laisse tranquille ? — Oui. — A
la bonne heure. — Cela n'est rien, nous avons
tous de mauvais momens ; mais quand nous
sommes sûrs d'un ami , nous lui demandons
tous les services dont nous avons besoin. Il
n'y a pas de danger que Jacques en demande
jamais un seul , fût-ce un verre d'eau *in
articulo mortis*, et cela non pas tant peut-être
par orgueil que par méfiance. Il ne dit jamais
la raison de son silence , mais on s'en aperçoit tout de suite à la manière dont il vous
conseille en pareille occasion. — Ne faites pas
cela , dit-il , mettez l'amitié à l'épreuve le
moins que vous pourrez. — Vous m'avouerez
que pour un homme dont l'amitié est capable de tous les sacrifices , il y a une espèce de
folie superbe à nier l'amitié des autres. C'est
injuste, et cet orgueil-là m'a souvent mis
en colère contre lui. Cette singularité en entraîne d'autres. Quand il a rendu un service ,
il ne peut pas souffrir qu'on l'en remercie, et

il est capable de fuir et d'éviter long-temps,
de quitter même tout-à-fait celui qu'il a obligé ; il semble qu'il prenne en aversion la figure des gens qui ont reçu de lui quelque
chose. Il y a là-dedans excès de délicatesse,
mais il y a quelque chose de plus encore : il
y a là conviction cruelle que tous ceux à qui
il fait du bien doivent devenir ses ennemis. Il
a d'autres manies inexplicables ; il n'aime
pas qu'on le regarde en de certains momens,
et l'on ne sait jamais pourquoi. Il ne veut
pas qu'on le questionne ni qu'on le soigne
dans ses souffrances. Ce qu'il a de plus
déplaisant, c'est qu'il ne peut pas souffrir
qu'on parle de guerre, et qu'on raconte
les campagnes qu'on a faites ; il s'en va quand
on commence à bavarder au dessert. Il ne
s'enivre jamais, eût-il avalé de l'eau-forte.
Il ne sort jamais de son sang-froid ; cela le
met dans une sorte de désaccord avec nous
autres, et fait qu'il a toujours été estimé

plutôt qu'aimé au régiment. Sans les services qu'il a rendus d'une manière toujours
magnifique, on l'aurait détesté comme un
mauvais camarade; car les militaires n'aiment pas ceux qui se taisent à table et qui
ont l'air d'en penser plus long qu'eux.

—D'après cela, dis-je à M. Borel, je crois
voir qu'il a le fond du cœur chagrin et l'esprit mélancolique.—Le fond du cœur de Jacques n'est pas facile à voir, reprit-il; mais son
caractère n'est pas plus mélancolique qu'un
autre. Il a, comme nous tous, ses bons et ses
mauvais jours; il s'égaie volontiers, mais il
ne s'abandonne jamais. Il a une petite joie
tranquille qui fait mourir de rire quand on
a encore un demi-bon sens pour aimer la
gaieté douce; mais quand on casse les pots,
Jacques n'en est plus, il disparaît comme la
fumée des pipes et s'éclipse tout doucement,
sans qu'on sache s'il est sorti par la porte ou
par la fenêtre — Cela ne me semble pas un

grand défaut, repris-je. — Ni à moi non plus, dit Eugénie. — Ni à moi non plus maintenant, dit Borel, je me suis rangé, et le tapage ne me paraît plus nécessaire. Mais j'ai été un grand mauvais sujet autrefois, et j'avoue que dans ce temps-là je faisais un crime à Jacques de l'être moins que moi. Il y en avait parmi nous qui ne lui pardonnaient pas de conserver toujours sa raison, et qui disaient qu'il faut se méfier de l'homme à qui le vin ne desserre jamais les dents. Voilà le reproche le plus grave qu'on ait eu à lui faire ; c'est à vous de juger si vous devez le corriger de cela. — Non pas ! répondis-je en riant. Est-ce là tout ? — Tout, ma parole d'honneur. A présent que je vois avec quelle philosophie vous prenez ces choses-là, je suis enchanté de vous les avoir dites ; car je parie que vous vous imaginiez des choses bien plus terribles. — Je ne sais pas, répondis-je en riant, s'il est un plus terrible défaut que celui de

boire avec prudence et modération. Eugénie est bien heureuse de n'avoir pas cela à
vous reprocher — Vous êtes une méchante,
dit-il en me piquant la main avec ses grosses
moustaches. A présent vous ne me question-
nerez plus?

La manière dont il s'était plaint de Jacques m'avait paru si singulière, que je ne
songeai qu'à en rire avec eux ; mais, quand
ils furent partis, je me mis à penser à certaines parties de ce discours qui ne m'avaient
pas assez frappée d'abord, à ces paroles
surtout : « Il semble qu'il prenne en aver-
» sion la figure des gens qui ont reçu de lui
» quelque chose. » Je ne sais pourquoi je me
sentis tellement effrayée à cette idée, que
j'eus presque envie d'écrire à Jacques pour
rompre avec lui ; car enfin je suis pauvre,
et je vais recevoir la fortune de Jacques.
Il ne m'épouse peut-être que pour me la
donner ; et, quand je serai son obligée à ce

point, le plus léger tort de ma part lui sem-
blera une ingratitude; il s'imaginera peut-
être que je lui dois plus qu'une autre femme
ne doit à son mari, et il aura peut-être raison. Pour la première fois je me sens alar-
mée sérieusement de ma position : mon
orgueil souffre, et mon amour encore davantage.

VIII.

De Sylvia à Jacques.

Peut-être que tu te trompes, Jacques ;
peut-être que l'amour seul t'aveugle et t'entraîne, et que la volonté de faire de cet amour
une chose belle et grande dans ta vie est un
rêve conçu dans le moment même où tu
m'as répondu. Je te connais, enthousiaste !

autant qu'on peut te connaître ; car ton ame
est un abîme au fond duquel tu n'es peut-
être jamais descendu toi-même. Peut-être,
sous le masque de la force, vas-tu commettre
la plus insigne faiblesse. Je sais bien que tu
t'en tireras de quelque manière étrangement
héroïque ; mais à quoi bon te faire souffrir ?
N'as-tu pas assez vécu ?

Hélas ! voici que je te dis le contraire de
ce que je t'ai dit d'abord. Je craignais que
tu ne vinsses à enterrer l'éclat de ta vie, et
maintenant il me semble que tu vas chercher
ce qu'il y a de plus difficile et de plus douloureux, pour le plaisir d'exercer tes forces
et de sortir vainqueur d'une lutte plus terrible que les autres. Je ne peux pas me laisser
persuader que ce soit là une chose dont je
doive me réjouir ; les plus funestes pressentimens s'attachent à cette nouvelle phase de
ta vie. Pourquoi ta figure pâle vient-elle s'asseoir toutes les nuits à côté de mon lit et

reste-t-elle immobile et silencieuse à me regarder jusqu'au jour ? Pourquoi ton spectre
erre-t-il avec moi dans les bois au lever de
la lune ? Mon ame est habituée à vivre seule,
Dieu le veut ainsi, que vient faire la tienne
dans ma solitude ? Viens-tu m'avertir de quelque danger, ou m'annoncer quelque malheur plus épouvantable que tous ceux auxquels a suffi mon courage ? L'autre soir,
j'étais assise au pied de la montagne ; le ciel
était voilé, et le vent gémissait dans les arbres ;
j'ai entendu distinctement, au milieu de ces
sons d'une triste harmonie, le son de ta voix.
Elle a jeté trois ou quatre notes dans l'espa-
ce, faibles, mais si pures et si saisissables, que
j'ai été voir les buissons d'où elle était partie,
pour m'assurer que tu n'y étais pas. Ces
choses-là m'ont rarement trompée : Jacques,
il faut qu'il y ait un orage sur nos têtes.

Je vois bien que l'amour te précipite dans
un piége nouveau ; la seule parole vraie de

ta lettre est celle-ci : J'épouse cette jeune fille, parce qu'il n'y a pas d'autre moyen de la posséder. Et quand tu ne l'aimeras plus, Jacques, qu'en feras-tu ?

Car il viendra un jour où tu seras aussi fatigué de l'avoir aimée que tu es avide maintenant de t'abandonner à ta passion. Pourquoi cet amour-là différerait-il des autres? As-tu tellement changé depuis un an, que tu sois devenu capable de ce qu'il y a de plus antipathique à ton ame, l'obstination? Car de quel autre nom peut-on appeler l'amour qui résiste à l'intimité? Tu es capable de comprendre, d'éprouver et d'exécuter, en beaucoup de choses, ce que les hommes regardent comme impossible; mais, en revanche, ce qui est facile à plusieurs, et possible à beaucoup d'entre eux, Dieu, pour compenser sa magnificence envers toi par quelque grave infirmité, t'en a rendu absolument incapable. Ne pouvoir tolérer les faiblesses d'autrui, voilà ta faiblesse, voilà le côté misérable et sacrifié de ton grand caractère; voilà en quoi Dieu te châtie de n'être pas soumis aux misères communes.

Et tu as raison, Jacques; je te l'ai toujours dit, tu as bien raison de ne rien pardonner à cette boue humaine; tu as raison de retirer tout ton cœur, aussitôt que tu vois une tache sur l'objet de ton amour! L'être qui pardonne s'avilit! Je sais bien, moi pauvre femme, combien l'ame perd de sa grandeur et de sa sainteté, quand elle accepte une idole souillée. Il faut toujours qu'elle en vienne plus tard à briser l'autel où elle s'est prosternée devant un faux dieu; au lieu de la résignation froide qui devrait accompagner cette justice, la haine et le désespoir font trembler la main qui tient la balance. La vengeance se mêle de juger... Oh! alors il vaudrait mieux être né sans cœur, que d'avoir aimé. Toi, homme fort, tu couvres mystérieuse-

ment les fautes d'autrui du manteau de ton
silence ; ta main généreuse relève celui qui
est tombé, essuie la fange de son vêtement,
et efface même la trace que sa chute a laissée
sur ton chemin; mais tu n'aimes plus, alors !
Le jour où tu commences à pardonner, tu
cesses d'aimer ! Et je t'ai vu dans ces jours-là;
ô combien tu souffres ! Vas-tu t'exposer encore à ce que tu appelais *le mal de la miséricorde?*

Elle a beau être aimable, elle aura beau
être sincère et bonne; elle est femme, elle a
été élevée par une femme, elle sera lâche et
menteuse, un peu seulement, peut-être; cela
suffira pour te dégoûter. Tu auras besoin de
la fuir alors; et, elle t'aimera encore, car
elle ne comprendra pas qu'elle est indigne
de toi et qu'elle n'a dû ton amour qu'au besoin d'aimer qui dévore ton ame, et au voile
que ce besoin aura étendu sur tes yeux, jusqu'au jour de sa première faute. Infortunée !

je la plains et je l'envie. Elle aura de beaux
momens; elle en aura un terrible ! Tu as prévu cela , je le vois bien ; tu as pensé au temps
où , lui retirant ton affection , tu lui laisserais l'indépendance : qu'en fera-t-elle si elle
t'aime? Oh ! Jacques , j'ai toujours frémi
quand je t'ai vu devenir amoureux ; j'ai toujours prévu ce qui est arrivé depuis ; j'ai toujours su d'avance que tu romprais brusquement ton lien , et que l'objet de ton amour
t'accuserait de froideur et d'inconstance le
jour où l'ardeur et la force de cet amour te
feraient le plus souffrir. Mais à présent, quel
effroi ne dois-je pas avoir , quand le mariage
va sceller ce lien à ta conscience et à celle
d'une femme; quand les lois, la croyance et
l'usage vous défendront à tous deux de vous
consoler par un autre amour ! Les lois, la
croyance et l'usage sont des mots pour toi,
ce seront des chaînes de fer pour cette femme,
quel que soit son caractère; pour les secouer,

il faudra qu'elle subisse tout ce que la société peut faire de mal à un de ses enfans rebelles. Comment sortira-t-elle de cette lutte? Désolée comme moi, robuste comme toi, ou écrasée comme un roseau? Pauvre femme! elle t'aime sans doute avec confiance, avec espoir; elle ne sait pas où elle va, l'aveugle enfant! elle ne sait pas quel rocher elle veut porter sur sa faible tête, et à quel colosse de vertu farouche s'attaque sa tranquille et fragile innocence. Oh! quel serment étrange est celui que vous allez prononcer! Dieu n'écoutera ni l'un ni l'autre, il n'enregistrera pas cette monstruosité sur le livre du destin! à quoi me sert de t'avertir? J'empoisonne ta joie, et je ne déracine pas ce terrible espoir de bonheur qui te dévore. Je sais ce que c'est, et je ne m'offense pas de ta résistance : j'ai aimé, j'ai désiré, j'ai espéré comme toi, et j'ai été désabusée comme tu l'as été tant de fois, comme tu le seras encore!

IX.

De Clémence à Fernande.

Une autre que moi perdrait son temps et sa peine à te dire que tu vis dans un monde où l'on a singulièrement mauvais ton, et où tout se passe de la façon la plus inconvenante. Je ne puis que te plaindre, car je suis sûre que la

bonne compagnie est la classe la plus raisonnable et la plus éclairée de toutes , et que ses
usages et ses délicatesses sont les meilleurs
guides possibles vers le bon et l'utile. Ta mère
le sait de reste , et , parmi tous ses défauts , je
lui reconnais au moins un extrême bon sens
et une excellente manière d'être ; cela n'empêche pas que , sacrifiant tout au désir de
te voir épouser un homme riche , elle ne t'ait
jetée dans la mauvaise compagnie. Eugénie
a toujours été une espèce de bourgeoise très-
commune , et le couvent , où l'on prend en
général une meilleure tenue , ne l'a corrigée
de rien. Qu'elle aime à la folie les lazzi solda-
tesques des amis de son mari , que son château
soit devenu une tabagie , cela ne me surprend
nullement ; mais que ta mère t'ait abandonnée à ces amitiés-là , cela me révolte un peu.

N'importe ! il faut bien que je m'y fasse ;
car M. Jacques est en plein dans la société
dite *du Champ d'asile* , du moins je le pré-

sume. Je n'ai pas de préjugés : je vois
toutes sortes de gens, je me pique d'être im-
partiale en politique, et je m'accoutume à
supporter les différences dont la société
abonde, sans m'étonner de rien ; je te parlerai donc comme je dois parler à une personne
qui est dans ta position, et je m'écarterai de
tout système et de toute habitude pour me
mettre au même point de vue que toi.

Ainsi, je te dirai que dans son bon sens
grossier, M. Borel n'a peut-être pas tort, et
qu'il faut beaucoup réfléchir à cette parole
*Il ne s'abandonne jamais, et le vin ne lui
desserre jamais les dents.* Si l'on me disait cela de M. de Vence ou du marquis de
Noisy, je rirais comme tu as fait à propos de
M. Jacques; mais moi, à propos de M. Jacques, je n'en rirais pas. M. Jacques a vécu
parmi les gens qui boivent, qui s'enivrent
et qui bavardent; quelle qu'ait été sa première
éducation, dès l'âge de seize ans il a été sol-

dat de Bonaparte, cela l'oblige à être un
homme comme M. Borel, ou à lui être infi-
niment supérieur; prends garde à cela, Fernande. Je suis très-portée à le croire tel, d'a-
près tout ce que tu m'en dis; mais si nous
nous trompions l'une et l'autre? s'il était in-
férieur à tous ces braves butors que tu aimes
tant, et qui ont du moins pour eux la franchise et la loyauté? si toute cette réserve, que
tu prends peut-être pour de la noblesse dans
les manières, était seulement la prudence
d'un homme qui cache quelque vice? Je te
dirai naturellement ce que je crains : je m'i-
magine que M. Jacques est un de ces hommes
d'un certain âge, qui ont beaucoup de dépravation et beaucoup d'orgueil; ces gens-là
sont tout mystère, mais on fait bien de ne
pas chercher à lever le voile dont ils se cou-
vrent. Je ne puis me résoudre à t'en dire davantage, d'autant plus que je me trompe
peut-être absolument.

X.

De Jacques à Sylvia.

Eh bien! oui, c'est de l'amour, c'est de la folie, c'est ce que tu voudras, un crime peut-être! Peut-être que je m'en repentirai et qu'il sera trop tard; peut-être aurai-je fait deux malheureux au lieu d'un; mais il n'est déjà plus temps: la pente m'entraîne et me précipite; j'aime, je suis aimé. Je suis incapable de penser et de sentir autre chose.

Tu ne sais pas ce que c'est qu'aimer pour moi! Non, je ne te l'ai jamais dit, parce que dans ces momens-là j'éprouve un besoin égoïste de me replier sur moi-même et de cacher mon bonheur comme un secret. Tu es le seul être au monde avec lequel il m'ait été possible de m'épancher, et encore cela ne m'a été possible qu'en de rares instans. Il en est d'autres où Dieu seul a pu être le confident de ma douleur ou de ma joie. Aujourd'hui j'essaierai de te montrer mon ame tout entière et de te faire descendre au fond de cet abîme que tu dis inconnu à moi-même. Peut-être verras-tu que je ne suis pas ce lutteur terrible que tu crois; peut-être m'aimeras-tu moins, fière Sylvia, en voyant que je suis plus homme que tu ne penses.

Mais pourquoi serait-ce une faiblesse que de s'abandonner à son propre cœur? Oh! la faiblesse, c'est l'épuisement! C'est quand on ne peut plus aimer qu'on doit pleurer sur soi-même et rougir d'avoir laissé éteindre le feu sacré; moi je le sens avec orgueil qui se ravive de jour en jour. Ce matin je respirais avec volupté les premières brises du printemps, je voyais s'entr'ouvrir les premières fleurs. Le soleil de midi était déjà chaud, il y avait de vagues parfums de violettes et de mousses fraîches répandus dans les allées du parc de Cerisy. Les mésanges gazouillaient autour des premiers bourgeons, et semblaient les inviter à s'entr'ouvrir. Tout me parlait d'amour et d'espérance; j'eus un si vif sentiment de ces bienfaits du ciel, que j'avais envie de me prosterner sur les herbes naissantes, et de remercier Dieu dans l'effusion de mon cœur. Je te jure que mon premier amour n'a pas connu ces joies pures et ces

divins ravissemens : c'était un désir plus
âpre que la fièvre. Aujourd'hui il me semble être jeune et ressentir l'amour dans une
ame vierge de passions. Et pendant ce temps
tu vois mon spectre épouvanté errer autour de toi, rêveuse! Oh! jamais je n'ai
été si heureux! jamais je n'ai tant aimé!
Ne mé rappelle pas que j'en ai dit autant
chaque fois que je me suis senti amoureux.
Qu'importe? on sent réellement ce qu'on
s'imagine sentir. Et d'ailleurs je croirais
assez à une gradation de force dans les affections successives d'une ame qui se livre
ingénuement comme la mienne. Je n'ai jamais travaillé mon imagination pour allumer ou ranimer en moi le sentiment qui
n'y était pas encore ou celui qui n'y était
plus ; je ne me suis jamais imposé l'amour
comme un devoir, la constance comme
un rôle : quand j'ai senti l'amour s'éteindre, je l'ai dit sans honte et sans remords,

et j'ai obéi à la Providence qui m'attirait ailleurs. L'expérience m'a bien vieilli : j'ai
vécu deux ou trois siècles; mais du moins
elle m'a mûri sans me dessécher. Je sais
l'avenir, mais pour rien au monde je n'aurais la froide lâcheté de lui sacrifier le
présent. Qui, moi! moi, qui suis si bien
habitué à la souffrance, je reculerais devant elle, et je ne disputerais pas à cette
avare destinée les biens que je peux lui arracher encore? Ai-je donc été si heureux?
n'ai-je plus rien à connaître, rien à posséder de nouveau sous le soleil de ce monde-ci?
Je sens bien que je n'ai pas fini, que je ne
suis pas rassasié; je sens qu'il y a encore des
joies pour mon cœur, puisque mon cœur a
encore des désirs et des besoins. Je veux conquérir ces joies et les savourer, dussé-je les
payer plus chèrement que toutes celles que
Dieu m'a fait expier déjà. Si la destinée de
l'homme, ou si la mienne du moins, est d'ê-

tre heureux pour souffrir ensuite, et de tout
posséder pour tout perdre, soit! Si ma vie
est un combat, une révolte continuelle de
l'espérance contre l'impossible, j'accepte! je
me sens encore la force de combattre et d'ê-
tre heureux un jour au prix de tout le reste
de mes jours futurs. Je défie le sort de m'é-
pouvanter avant le combat; qu'il me brise
s'il est le plus fort.

Ne me dis pas que j'expose le bonheur
d'un autre avec le mien. D'abord cet être,
là où je le prends, ne serait qu'infortuné
en d'autres mains que les miennes; et puis
ce qu'il est destiné à souffrir avec moi est
peu de chose au prix de ce que je suis résigné à souffrir avec lui. Les tourmens qui
m'attendent, je les connais, et je sais ce que
sont les douleurs des autres au prix des
miennes. Comment veux-tu que j'aie de
la compassion pour quelqu'un? Songe-
rais-tu à établir une comparaison entre moi

et le reste des hommes? En fait de souffrance
ne suis-je pas une exception? Tout autre que
toi rirait de cette prétention et la prendrait
pour un imbécile orgueil; mais tu sais
bien que je ne m'en vante pas, et que je
m'en plains, dans l'amertume de mon
cœur. Tu sais que j'ai souvent maudit le ciel
pour m'avoir refusé la faculté qu'il accorde
si généreusement à tous les hommes, l'oubli !
De quoi ne se consolent-ils pas, et de
quoi me suis-je jamais consolé? La douleur les effleure, je ne sais quel vent souffle
sur leurs plaies et les sèche aussitôt; pourquoi les miennes saignent-elles éternellement?
Pourquoi la première douleur de ma vie, au
lieu de s'en aller dans la nuit de l'oubli, est-
elle toujours devant mes yeux terrible et vi-
vante comme le sang prolifique de l'hydre ?
Pour tous les humains le malheur est une
hymne funèbre qui passe, et dont les notes
se perdent peu à peu dans l'éloignement;

quand la dernière s'envole, l'oreille n'en
conserve pas le son. Pourquoi mugissent-
elles toutes autour de moi? Pourquoi cet
éternel chant de mort qui s'élève à toute heure
dans mon ame et qui me force à pleurer continuellement mes pertes? Pourquoi mon
front est-il ceint d'épines qui le déchirent à
chaque souffle du vent dans les fleurs dont
les autres se couronnent?

Oh! je vois bien que les autres ne souf-
frent pas la centième partie de mon mal. Ils
se désolent cent fois plus haut, parce qu'ils
ne savent vraiment pas ce que c'est que la
douleur. Insolens sybarites, ils se plaignent
du pli d'une rose; je vois comme ils se gué-
rissent, comme ils se consolent, comme ils
sont aveuglément dupes d'une illusion nouvelle. Race stupide et lâche! ils n'affronte-
raient pas ces illusions, s'ils savaient, comme
moi, ce qu'elles valent! Quand ils sont ter-
rassés par le destin, ils avouent qu'il se sont

trompés : Ah! si j'avais su, disent-ils, que cela devait finir ainsi! Et moi je sais comment tout finit, et je commence un amour nouveau! Tu vois bien que je suis cent fois plus courageux, cent fois plus infortuné que les autres.

Fernande souffrira donc avec moi ; tu veux que je trace d'avance l'arrêt de mort de mon bonheur. Eh bien! sois satisfaite, ame stoïque, vigueur impitoyable! l'un de nous cessera d'aimer, elle ou moi, qu'importe? celui qui se détachera le dernier ne sera pas le plus malheureux! Fernande se consolera : elle est sincère et bonne ; mais elle est faible, la pauvre enfant ; faible sera sa douleur.

Au milieu de mon amour et de ma joie, il y a une chose qui me déchire et qui m'indigne contre moi, et contre toi aussi, Sylvia. Contre moi, parce que je n'ai pas songé dans ma dernière lettre à te questionner ; contre

toi, parce que tu gardes un dédaigneux silence, comme si tu me croyais devenu indifférent à ton sort. Si tu avais cette idée-là,
Sylvia, je serais capable de partir à l'heure
même et d'aller te redemander à genoux
ta confiance et ton estime. Oh! dis-moi
comment va ton cœur, infortunée! parle-
moi de toi! Comment! depuis trois semaines
il n'est question que de moi et nous n'avons
pas dit un mot de ta nouvelle situation!
La dernière fois que tu m'en as parlé, tu
semblais assez satisfaite; mais je ne puis me
tranquilliser absolument sur la solitude où
je t'ai laissée. Cela est bien rude à ton âge,
Sylvia; et avec ta force! plus on a d'énergie
pour résister à la douleur, plus on en a pour
la ressentir. Dis-moi, dis-moi si tu as pris le
dessus. Il ne me semble pas, à la manière
dont tu envisages ma position, que tu aies
trouvé le repos de l'esprit. Parle-moi de ce
cœur qui me juge et me dissèque si sévère-

ment et qui a toutes mes folies, toute mon
audace. N'oublie pas du moins, Sylvia, qu'il
y a entre nous un sentiment plus fort que
l'amour, et que tu n'as qu'un mot à dire
pour m'envoyer d'un bout du monde à
l'autre.

XI.

De Fernande à Clémence.

Ma chère, ta lettre me fait horriblement mal. D'abord je n'y comprends rien :
qu'est-ce que tu entends par la dépravation ?
Est-ce l'inconstance, est-ce le besoin de
changer d'amour ? En ce cas, j'ai une peur
affreuse. Voici la conversation que je viens

d'avoir avec le gros capitaine Jean, dont je t'ai parlé; tu jugeras ce qui se passe en moi! Nous avons fait ce matin une promenade dans les bois de Tilly; nous étions cinq hommes et cinq femmes, tous en tilbury. Comme il fallait que dans chacune de ces petites voitures il se trouvât un homme avec une femme pour diriger le cheval, comme ma mère n'a pas jugé convenable que je fisse deux lieues dans le tilbury de Jacques en présence de huit personnes (quoiqu'elle me laisse tous les jours quatre ou cinq heures seule avec lui dans notre jardin), comme M. Jacques ne voulait pas, j'en suis bien sûre, être le cavalier de ma mère, et que M. Borel s'est dévoué à sa place; comme enfin je ne pouvais aller convenablement qu'avec un homme marié, et que le capitaine Jean est père de quatre grands enfans, on a décidé unanimement que je devais avoir ce joli page. Du moment que je n'étais pas avec Jacques, j'aimais autant celui-là qu'un autre; il me semblait obligeant et bonhomme. Mais c'est le butor le plus bavard et le plus niais que je connaisse à présent, et il m'a mis l'esprit dans une telle perplexité, que je suis au désespoir d'avoir fait route avec lui.

Il est vrai que c'est bien ma faute. Quand je me suis trouvée tête-à-tête en conversation avec un homme qui connaît Jacques depuis vingt ans et qui ne demandait pas mieux que de causer, je n'ai pu y tenir, et je l'ai mis sur la voie. D'abord, d'un ton moitié amical, moitié goguenard, il s'est hasardé à me parler de son caractère, et peu à peu, pressé par mes questions et encouragé par l'air de plaisanterie que j'affectais, il m'a raconté des aventures de sa vie. Je ne sais quelle impression cela m'a faite dans le moment, à présent je suis en proie à une agitation affreuse; il me semble que je dois conclure de cette conversation que Jacques est

un enthousiaste et un inconstant; du moins
le capitaine me l'a dit plus de vingt fois. —
Vous devez être fière, me disait-il, d'avoir
enchaîné le faucon; il a joliment chassé de
petites perdrix comme vous! Mais le voilà
dompté et chaperonné sur le poing de sa
châtelaine; coupez-lui les ailes, si vous voulez qu'il y reste.

Qu'est-ce que cela veut dire? lui ai-je demandé. Est-ce donc si difficile de garder le
cœur de M. Jacques? — Ah! il y en a plus
d'une qui s'est vantée d'en venir à bout,
a-t-il repris. Mais elle comptait sans son
hôte, la pauvrette! brrrr...t! Quand on
croyait avoir bien fermé la cage, l'oiseau était
parti à travers les barreaux. Mais je vois que
cela ne vous inquiète pas, et que vous faites
votre affaire de le guérir de cette envie de
changer.—Certainement, répondis-je, en tâ-
chant de cacher mon effroi sous un rire forcé.
Mais vous, capitaine, qui êtes un modèle de

fidélité, à ce que dit M. Borel, comment n'a-
vez-vous pas morigéné un peu M. Jacques?—
Ah! que diable voulez-vous? répondit-il en
prenant un air capable, un enthousiaste, un
fou! L'engouement pour les jupons est une
vraie maladie chez lui. Autant il est froid et
réservé avec les hommes, autant il est tendre et empressé auprès des belles; et à qui
est-ce que je le dis? Vous le savez mieux que
moi, mademoiselle Fernande! Et il se mit
à rire d'un gros rire insupportable. — Il a
donc fait bien des folies dans sa vie? demandai-je. — Des folies? répondit-il, des folies
dignes des Petites-Maisons; et pour quelles
pécores! les plus altières *carognes* (je te ré-
pète son expression, parce que cela me paraît nécessaire pour te donner une idée juste
de la manière dont il traite les amours de
Jacques), les plus insolentes *chipies* que j'aie
jamais rencontrées; de ces femmes belles
comme des anges et méchantes comme des

démons, avides, ambitieuses, intrigantes,
despotiques; de ces femmes comme il y en a
tant, et auxquelles vous ressemblez si peu,
mademoiselle Fernande! — Comment M. Jacques a-t-il pu s'attacher à de pareilles femmes? — Il était leur dupe ; il les prenait pour
de petits anges, et il voulait couper la gorge
à tous ceux qui n'étaient pas de son avis.
Ah! si vous saviez ce que c'est que Jacques
amoureux! Mais qu'est-ce que je dis? Qui le
sait mieux que vous? Il est vrai qu'à cause de
vous il ne rencontre de contradiction nulle
part. Quand il annonce son mariage, tout le
monde lui dit qu'il épouse un petit ange; et
la première fois que j'en ai entendu parler,
je me suis écrié : Ah! parbleu! Jacques, il
est bien temps que tu aimes une femme digne de toi! Il m'a serré la main, et en même
temps il m'a regardé de travers; car, s'il est
content de vous entendre louer, il n'en est
pas moins furieux quand on parle mal des

diablesses qu'il a aimées. Savez-vous que j'ai
failli me battre avec lui plus de dix fois,
parce que je voulais l'empêcher de se ruiner,
de se retirer du service et de se marier avec
la plus grande dévergondée de la terre?
J'aime Jacques comme mon enfant, j'ai reçu
de lui des services que je n'oublierai jamais;
mais si je me suis un peu acquitté envers lui,
c'est en l'empêchant de faire cette belle équi-
pée. — Comment l'en avez-vous empêché?
Contez-moi cela. — C'était la marquise Orseolo. Parbleu! c'est une histoire connue
dans tout Milan! La plus belle femme de l'I-
talie, et de l'esprit comme un démon. Jacques ne se trompe pas du moins sur ces choses-là, et il y a bien un peu de vanité dans
tous ses choix. Il y en avait surtout dans ce
temps-là. Toute l'armée d'Italie était, ma
foi, aux pieds de madame Orseolo, qui se
donnait des airs de patriotisme, chose bien
rare parmi les Italiennes, et qui affichait

pour les pauvres Français le plus profond
mépris. Cela tente mon fou de Jacques, et
le voilà, avec sa mine pâle et ses grands
yeux tristes, qui se promène autour de
la belle, et la suit comme son ombre,
jusqu'à ce qu'il ait enfin vaincu ce fier courage et soumis cette farouche vertu. Tout allait bien, Jacques allait jeter le froc aux or-
ties et emmener cette charmante conquête
en France, non sans l'épouser, comme elle
le désirait, et compléter la plus grande folie
qu'il ait jamais faite, lorsque, par bonheur,
j'acquis des preuves flagrantes de l'intimité
un peu trop tendre qui existait entre la
dame et son confesseur, et je me hâtai,
comme vous pensez bien, de les fournir à
Jacques, qui ne me dit pas seulement grand
merci, mais qui du moins quitta Milan un
quart d'heure après, et disparut pendant six
mois. Nous le retrouvâmes à Naples, aux
pieds d'une chanteuse célèbre, qui ne le sub-

jugua pas moins, et qui le trompa de même.
Pour celle-là, il a failli perdre la raison. Je
n'en finirais pas si je vous racontais toutes les aventures de Jacques. C'est le garçon le plus romanesque, avec cette mine
tranquille que vous lui voyez; mais si bon
avec toutes ses extravagances, si généreux,
si brave! Vous serez heureuse avec lui, mademoiselle Fernande. Si vous ne l'êtes pas,
prenez-moi pour le plus méchant hâbleur
de la terre, et venez me tirer les oreilles. —

Tu dois voir ce que c'est que Jacques
maintenant: dis-le-moi, ma chère Clémence;
car, pour moi, je le sais un peu moins
qu'auparavant. Mais je suis triste à mourir.
Ce Jacques qui dit m'aimer tant, et qui a
déjà usé son cœur pour des êtres si méprisables; ces enthousiasmes aveugles auxquels il
est sujet, et qui le poussent à sacrifier tout à
l'objet de son fol amour, et à lui faire des
sermens éternels qu'il doit bientôt après

rompre et détester!.... Et s'il me traitait
ainsi! si la veille de mon mariage il se dé-
goûtait de moi, le lendemain! ce serait encore pis!... Oh! Clémence, Clémence, dans
quel abîme suis-je près de tomber! Dis-moi
ce qu'il faut faire. Depuis quelques jours, je
vois Jacques à peine. Il est occupé de préparer tout pour ce mariage, et il va à Tours et
à Amboise deux ou trois fois par semaine.
D'ailleurs l'effroi qu'il m'inspire commence
à devenir si grand, que je crains d'avoir une
explication avec lui et de me laisser rassurer.
Cela lui est si facile, et j'ai tant besoin de
croire en lui! Je me sens si malheureuse
quand je doute!

XII,

De Sylvia à Jacques.

Va donc où t'emporte ta destinée ! J'aime
mieux cette lettre-ci que l'autre. Elle est
franche du moins. Ce que je crains le plus,
c'est de te voir retomber dans les illusions de
ta jeunesse. Mais, si tu abordes hardiment le
péril, si tu vois clair à tes pieds, tu franchi-

ras peut-être l'abîme. Qui sait ce que peut
vaincre le courage d'un homme? Tu es las
de disputer lentement la partie, et tu joues
tout ton avenir sur un dernier coup de dé.
Si tu perds, souviens-toi qu'il te reste un
cœur ami pour t'aider à supporter le reste
de ta vie, ou pour te tenir compagnie, si tu
veux t'en débarrasser.

Tu me dis de te parler de moi, et tu me reproches de garder un dédaigneux silence. Sais-tu
pourquoi, Jacques, j'envisage si sévèrement
la nouvelle phase d'amour où entre ta destinée? Sais-tu pourquoi j'ai peur, pourquoi je
t'ai averti du danger, pourquoi je te vois
d'un œil sombre marcher à sa rencontre? Tu
ne l'as pas deviné? C'est que moi aussi je suis
perdue sur cette mer orageuse; moi aussi
je m'abandonne au destin, et je place tout
ce qui me reste de force et d'espoir sur le
hasard d'un chiffre. Octave est ici, je l'ai
vu, je lui ai pardonné.

J'ai fait une grande faute en ne prévoyant
pas qu'il viendrait. J'ai arrangé toute ma situation pour oublier son absence, et non
pour combattre son retour. Il est venu, j'ai
été surprise; la joie a été plus forte que la
raison.

Je parle de joie! et toi aussi tu en parles.
Quelle joie que la nôtre! Sombre comme la
flamme de l'incendie, sinistre comme le dernier rayon de soleil qui perce les nuées avant
la tempête! Nous joyeux! Quelle dérision!
Oh! quels êtres sommes-nous, et pourquoi
voulons-nous toujours vivre la même vie
que les autres?

Je sais que l'amour seul est quelque chose,
je sais qu'il n'y a rien autre sur la terre. Je
sais que ce serait une lâcheté que de le fuir
par crainte des douleurs qui l'expient; mais
vraiment, quand on voit si bien sa marche
et ses résultats, peut-on goûter des joies
bien pures? Pour moi, cela m'est impossible.

Il y a des momens où je m'échappe des bras
d'Octave avec haine et avec terreur, parce
que je vois dans le rayonnement de son front
l'arrêt de mon futur désespoir. Je sais que
son caractère n'a aucun rapport avec le mien;
je sais qu'il est trop jeune pour moi; je sais
qu'il est bon sans être vertueux, affectueux,
mais incapable de passion; je sais qu'il ressent l'amour assez fortement pour commettre toutes les fautes, mais pas assez pour
faire quelque chose de grand. Enfin je ne
l'*estime* pas, dans l'acception particulière
que toi et moi donnons à ce mot.

Quand j'ai commencé à l'aimer, j'ai chéri
en lui cette faiblesse qui me fait souffrir
maintenant. Je n'ai pas prévu qu'elle me ré-
volterait bientôt. En vérité, j'ai fait ce que
tu fais sans doute à présent. J'ai trop compté
sur la générosité de mon amour. Je me suis
imaginé que, plus il avait besoin d'appui et
de conseil, plus il me deviendrait cher en re-

cevant tout de moi ; que le plus heureux , le plus noble amour d'une femme pour un homme devait ressembler à la tendresse d'une mère pour son enfant. Hélas ! j'avais tant cherché la force , et mes tentatives avaient été si déplorables ! En croyant m'appuyer sur des êtres plus grands que moi , je m'étais sentie si durement repoussée par un froid de glace ! Je me disais : La force chez les hommes, c'est l'insensibilité ; la grandeur, c'est l'orgueil ; le calme, c'est l'indifférence. J'avais pris le stoïcisme en aversion , après lui avoir voué un culte insensé. Je me disais que l'amour et l'énergie ne peuvent habiter ensemble que dans des cœurs froissés et désolés comme le mien , que la tendresse et la douceur étaient le baume dont j'avais besoin pour me guérir, et que je les trouverais dans l'affection de cette ame ingénue. Qu'importe, pensais-je, qu'il sache ou non supporter la douleur ? Avec moi, il n'aura pas à la connaître. Je prendrai sur moi tout le poids de la vie. Son unique affaire sera de me bénir et de m'aimer.

C'était là un rêve comme les autres ; je n'ai pas tardé à souffrir de cette erreur, et à reconnaître que si, dans l'amour, un caractère devait être plus fort que l'autre, ce ne devait pas être celui de la femme. Il faudrait du moins qu'il y eût quelque compensation. Ici il n'y en a pas. C'est moi qui suis l'homme ; ce rôle me fatigue le cœur au point que je deviens faible moi-même par dégoût de la force.

Et pourtant il y a de bien belles choses dans le cœur de cet enfant ! Quels trésors de sensibilité, quelle pureté de mœurs, quelle foi naïve dans le cœur d'autrui et dans le sien propre ! Je l'aime, parce que je ne connais pas d'homme meilleur. Celui qui est à part de tous les autres ne m'inspire et ne ressent pour moi que de l'amitié. — L'amitié, c'est une sorte d'amour aussi, immense et sublime en de certains momens, mais insuffisante, parce qu'elle ne s'occupe que des malheurs sérieux, et n'agit que dans les grandes et rares occasions. La vie de tous les jours, cette chose si odieuse et si pesante dans la solitude, cette succession continuelle de petites douleurs fastidieuses que l'amour seul peut changer en plaisirs, l'amitié dédaigne de s'en occuper. Vous êtes capable, comme vous le dites fort bien, de tout quitter pour venir me tirer d'une situation malheureuse, et de courir d'un bout du monde à l'autre pour me rendre un service ; mais vous n'êtes pas capable de passer huit jours tranquilles avec moi, sans penser à Fernande, qui vous aime et vous attend. Et cela doit être ainsi ; car, pour moi, c'est la même chose. Je sacrifierais tout mon amour pour vous sauver d'un malheur, je n'en détacherais pas une parcelle pour vous préserver d'une contrariété. Il semble donc que la vie doive être divisée en deux parts, l'intimité avec l'amour, le dévouement avec l'amitié. Mais j'ai beau faire pour me persuader que je suis contente de cet arrangement, j'ai beau me répéter que Dieu m'a servie avec prodigalité en me donnant un amant comme Octave, et un ami comme vous ; je trouve l'amour bien puéril, et l'amitié bien austère. Je voudrais avoir pour Octave la vénération que j'ai pour vous, sans perdre la douce tendresse et la vive sollicitude que j'ai pour lui. Rêve insensé ! Il faut accepter la vie comme Dieu l'a faite. C'est difficile, Jacques, bien difficile !

XIII.

De Fernande à Clémence.

Ne m'écris pas, ne me réponds pas. Ne me parle plus de prudence et ne cherche plus à me mettre en garde contre le danger. C'est fini ; je m'y jette les yeux bandés. J'aime : est-ce que je suis capable de voir clair à quelque chose ? Il en sera ce que Dieu voudra.

Qu'importe, après tout, que je sois heureuse ou non? Suis-je donc un être si précieux, pour que nous nous en occupions tant? Et à quoi mènent toutes les prévisions? Elles n'empêchent pas qu'on ne se risque, et elles font qu'on se risque lâchement. Ne me décourage donc plus, ne me parle plus de Jacques, mais laisse-moi t'en parler toujours.

Hier, il est venu me surprendre dans le parc. J'étais assise sur un banc; j'avais la tête dans mes deux mains, et je pleurais. Il a voulu savoir la cause de mon chagrin, et il s'est mis en colère, parce que je refusais de parler. Mais quelle colère! Il me prenait dans ses bras et me serrait avec tant de force, qu'il me faisait mal; et pourtant je n'avais ni peur, ni ressentiment de le voir me brutaliser ainsi. Il me secouait la main d'un air d'autorité, en me disant : Parle donc, je veux que tu parles, réponds-moi tout de suite; qu'as-tu?—

Et moi, qui déteste le commandement, j'ai eu du plaisir à entendre le sien. Le cœur m'a bondi de joie, comme lorsqu'il m'a tutoyée pour la première fois, en me faisant traverser un ruisseau et me disant : Saute donc, peureuse ! — Oh ! bien plus cette fois ! ce que j'ai ressenti, Clémence, est inexplicable. Tout mon cœur a été au-devant du sien, comme un esclave qui se jetterait aux pieds de son maître, ou comme un enfant dans le sein de sa mère. Ces choses-là ne peuvent pas tromper ; je sens que je l'aime, parce que je dois l'aimer, parce qu'il le mérite, parce que Dieu ne permettrait pas que j'éprouvasse cette confiance et cet entraînement pour un méchant homme. Pressée par ses questions, je lui ai parlé de ma conversation avec le capitaine Jean, et de l'effroi insurmontable qu'elle m'avait laissé. — Ah ! en effet, m'a-t-il dit, je voulais te parler des craintes auxquelles tu t'abandonnes, et des questions

que tu as faites à Borel et à sa femme. Cela
m'embarrassait un peu; que puis-je te
dire? Que les reproches de Borel ne sont pas
fondés, que les histoires du capitaine sont
fausses? Il m'est impossible de mentir. Il est
vrai que j'ai des défauts très-graves, et que
j'ai fait beaucoup de folies. Mais qu'est-ce
que cela a de commun avec toi et avec l'a-
venir qui nous attend? Je ne puis rien te jurer, sinon que je suis un honnête homme, et
que je n'aurai jamais avec toi un mauvais
procédé. Prends acte de ces paroles-là, s'il
te faut des paroles pour te rassurer, et quitte-
moi la première fois que j'y manquerai. Mais
si tu as cru que tu ne souffrirais jamais de
mon caractère, et que tu n'aurais jamais rien
à lui reprocher, tu as compté faire en ce
monde le voyage d'Eldorado, et tu as rêvé
une destinée qui n'est permise à personne
sur la terre. — Puis il s'est tu tout à coup,
et il est resté triste et silencieux; moi aussi.

Enfin, il a fait un effort sur lui-même, et il m'a dit : — Vous voyez bien, ma pauvre enfant, que vous souffrez déjà. Ce n'est pas la première fois, et ce ne sera malheureusement pas la dernière. N'avez-vous donc jamais entendu dire que la vie est un tissu de douleurs, une vallée de larmes ? — Le ton triste et amer dont il a dit ces paroles m'a tellement brisé le cœur, que mes pleurs ont recommencé à couler malgré moi. Il m'a serré dans ses bras, et il s'est mis à pleurer aussi. Oui, Clémence, il a pleuré, cet homme si grave et si accoutumé sans doute à voir couler les larmes des femmes. Les miennes l'ont gagné. Oh ! comme son cœur est sensible et généreux ! C'est en ce moment que je l'ai bien senti : il importe peu que Jacques ait trente-cinq ans. A-t-il pu être meilleur et plus digne d'amour à vingt-cinq ?

Quand je l'ai vu ainsi, j'ai jeté mes bras autour de son cou. — Ne pleure pas, Jacques,

lui ai-je dit ; je ne mérite pas ces nobles larmes. Je suis un être lâche et sans grandeur,
je ne m'en suis pas aveuglément rapporté à
toi, comme je devais le faire. Je t'ai soupçonné, j'ai voulu fouiller dans les secrets de
ta vie passée ! Pardonne-moi, ton chagrin
est une punition trop sévère. — Laisse-moi
pleurer, m'a-t-il dit , et sois bénie pour
m'avoir donné cette heure d'attendrissement
et d'effusion , il y a bien long-temps que cela
ne m'était arrivé. Ne sens-tu pas, Fernande,
que ce qu'il y a de plus doux au monde,
c'est la tristesse qu'on partage, et que les
larmes qui se mêlent à d'autres larmes sont
un baume pour la douleur ? Puissé-je pleurer souvent avec toi, et puisses-tu ne jamais
pleurer seule ! —

Oh ! c'est fini, qu'on me dise de Jacques
ce qu'on voudra , je n'écoute plus que lui.
Ne me blâme pas, mon amie, ne me fais pas
souffrir inutilement. Je m'abandonne à

mon destin; qu'il soit ce qu'il plaira à Dieu, pourvu que Jacques m'aime, je suis sûre de tout supporter.

XIV.

De Jacques à Fernande.

Je voulais vous dire bien des choses l'autre soir, je n'ai pu parler. Nos larmes se sont mêlées, nos cœurs se sont entendus. Cela suffit pour deux amans, mais pour deux époux, ce n'est peut-être pas assez. Votre esprit a peut-être besoin d'être rassuré et

convaincu. Je demande à votre affection
une preuve de confiance bien grande, ô
mon enfant! en vous priant d'accepter mon
nom et de partager mon sort; je m'étonne de
l'abandon avec lequel, me connaissant aussi
peu, vous vous en êtes jusqu'ici rapportée à
moi. Il faut que votre ame soit bien noble
et bien généreuse, ou que vous ayez deviné
que vous n'aviez rien à craindre du vieux
Jacques. Je crois à l'un et à l'autre, à votre
confiance et à votre pénétration. Mais je
sens bien que jusqu'ici votre cœur a fait
tous les frais de cette sécurité, que j'ai été
muet et nonchalant, enfin qu'il est temps
que je vous aide à m'estimer un peu.

Je ne vous parlerai pas d'amour. Il me
serait impossible de vous prouver que le
mien doit vous rendre éternellement heureuse; je n'en sais rien, et je puis dire seulement qu'il est sincère et profond. C'est du
mariage que je veux vous parler dans cette

lettre, et l'amour est une chose à part, un sentiment qui, entre nous, sera tout-à-fait indépendant de la loi et du serment. Ce que je vous ai demandé, ce que vous m'avez promis, c'est de vivre avec moi, c'est de me prendre pour votre appui, pour votre défenseur, pour votre meilleur ami. L'amitié seule est nécessaire à ceux qui associent leur destinée par une promesse mutuelle. Quand cette promesse est un serment dont l'un peut abuser pour faire souffrir l'autre, il faut que l'estime soit bien grande des deux côtés, et surtout du côté de celui que les lois humaines et les croyances sociales placent dans la dépendance de l'autre. C'est de cela, Fernande, que je veux m'expliquer formellement avec vous, afin que si vous livrez aveuglément votre cœur à l'amour, vous sachiez du moins à qui vous confiez le soin de votre indépendance et de votre dignité.

Vous devez avoir pour moi cette estime,

et cette amitié, Fernande; je les mérite, je le
dis sans orgueil et sans forfanterie. Je suis
assez vieux pour me connaître, et pour savoir de quoi je suis capable. Il est impossible que j'aie jamais envers vous un tort assez
grave pour les perdre, ou même pour les
compromettre. Je vous parle ainsi, parce que
je vous estime, et que je crois en vous. Je
sais que vous êtes juste, que vous avez
l'ame pure et le jugement sain. Avec cela
il est également impossible que vous m'ac-
cusiez sans motif, ou que du moins vous
n'acceptiez pas ma justification, quand elle
sera éclatante de vérité.

Il faut cependant tout prévoir : l'amour
peut s'éteindre, l'amitié peut devenir pesante et chagrine, l'intimité peut être le tourment de l'un de nous, peut-être de tous les
deux. C'est dans ce cas que votre estime
m'est nécessaire ! pour avoir le courage
de m'abandonner votre liberté, il faut

que vous sachiez que je ne m'en emparerai
jamais. Êtes-vous bien sûre de cela ? Pauvre
enfant ! vous n'y avez peut-être pas seulement songé. Eh bien ! pour répondre aux
terreurs qui pourraient naître en vous, pour
vous aider à les chasser, j'ai à vous faire un
serment ; je vous prie de l'enregistrer et de
relire cette lettre toutes les fois que les propos du monde, ou les apparences de ma conduite vous feront craindre quelque tyrannie
de ma part. — La société va vous dicter une
formule de serment. Vous allez jurer de m'ê-
tre fidèle et de m'être soumise, c'est-à-dire
de n'aimer jamais que moi, et de m'obéir
en tout. L'un de ces sermens est une absur-
dité, l'autre une bassesse. Vous ne pouvez
pas répondre de votre cœur, même quand
je serais le plus grand et le plus parfait des
hommes. Vous ne devez pas me promettre
de m'obéir, parce que ce serait nous avilir
l'un et l'autre. Ainsi, mon enfant, prononcez

avec confiance les mots consacrés, sans les-
quels votre mère et le monde vous défen-
draient de m'appartenir; moi aussi je dirai
les paroles que le prêtre et le magistrat me
dicteront, puisqu'à ce prix seulement,
il m'est permis de vous consacrer ma vie.
Mais à ce serment de vous protéger que la
loi me prescrit, et que je tiendrai religieuse-
ment, j'en veux joindre un autre que les
hommes n'ont pas jugé nécessaire à la sainteté du mariage, et sans lequel tu ne dois
pas m'accepter pour époux. Ce serment,
c'est de te respecter, et c'est à tes pieds que
je veux le faire, en présence de Dieu, le
jour où tu m'auras accepté pour amant.

Mais dès aujourd'hui je le prononce, et tu
peux le regarder comme irrévocable. Oui,
Fernande, je te respecterai parce que tu es
faible, parce que tu es pure et sainte, parce
que tu as droit au bonheur ou du moins au
repos et à la liberté. Si je ne suis pas di-

gne de remplir à jamais ton ame, je suis
capable au moins de n'en être jamais ni le
bourreau, ni le geôlier. Si je ne puis t'inspirer un éternel amour, je saurai t'inspirer une affection qui survivra dans ton cœur
à tout le reste, et qui t'empêchera d'avoir
jamais un ami plus sûr et plus précieux que
moi. Souviens-toi, Fernande, que quand
tu me trouveras le cœur trop vieux pour être
ton amant, tu pourras invoquer mes cheveux blancs et réclamer de moi la tendresse
d'un père. Si tu crains l'autorité d'un vieil-
lard, je tâcherai de me rajeunir, de me re-
porter à ton âge, pour te comprendre et
pour t'inspirer la confiance et l'abandon
que tu aurais pour un frère. Si je ne réussis
à remplir aucun de ces rôles; si, malgré mes
soins et mon dévouement, je te suis à charge,
je m'éloignerai, je te laisserai maîtresse de
tes actions, et tu n'entendras jamais une
plainte sortir de ma bouche.

Voilà ce que je puis te promettre, le reste ne dépend pas de moi. Adieu, mon ange, répond-moi, ta mère te laisse toute la liberté possible. Mon domestique ira chercher ta lettre demain matin. Je serai forcé de passer la journée à Tours.

Ton ami,

JACQUES.

XV.

De Fernande à Jacques.

Oui, j'ai confiance en vous, je crois à votre honneur. Je n'avais pas besoin de vos sermens, pour savoir que je ne serais jamais ni avilie, ni opprimée par vous. Je suis un enfant, et l'on ne s'est guère donné la peine de former mon esprit ; mais j'ai le cœur fier,

et ma simple raison a suffi pour m'éclairer
sur certaines choses. J'ai horreur de la tyrannie, et si, dès les premiers regards que
j'ai jetés sur vous, je ne vous avais pas deviné tel que vous êtes, je ne vous aurais jamais estimé, jamais aimé. Ma mère m'a toujours dit qu'un mari était un maître, et que
la vertu des femmes est d'obéir. Aussi j'étais
bien résolue à ne pas me marier, à moins
de rencontrer un prodige. Cela n'était
guère probable, et il m'était beaucoup
plus facile de croire que j'arriverais tranquillement à l'espèce d'indépendance assurée
aux vieux jours des filles sans dot. Cependant je me figurais quelquefois que Dieu
ferait un miracle en ma faveur, et qu'il
m'enverrait un de ses anges sous les traits
d'un homme, pour me protéger en cette
vie. C'était un rêve romanesque, dont je ne
me vantais pas à ma mère, mais que je n'a-
vais pas la force de repousser. Quand j'étais

assise à mon métier auprès de la fenêtre, et
que je voyais le ciel si bleu, les arbres si
verts, toute la nature si belle, et moi si
jeune! oh! alors, il m'était impossible de
croire que j'étais destinée à la captivité ou
à la solitude. Que voulez-vous? J'ai dix-
sept ans; à mon âge on n'a pas toute la raison possible, et voilà que la Providence se
met en tête de me traiter en enfant gâté.
Vous arrivez un beau matin, Jacques, avant
que j'aie encore souffert de l'ennui, avant
que les larmes du découragement aient
gâté ma fraîcheur de pensionnaire, tout au
beau milieu de mes rêves et de mes folles es-
pérances. Voilà que vous venez tout réaliser
sans que j'aie eu le temps de douter et de
craindre! Vraiment, il n'y a pas long-temps
que je lisais encore des contes de fées: c'é-
tait toujours la même chose, mais c'était bien
beau! C'était toujours une pauvre fille maltraitée, abandonnée, ou captive, qui par

les fentes de sa prison, ou du haut d'un des arbres du désert, voyait passer, comme dans un rêve, le plus beau prince du monde escorté de toutes les richesses et de toutes les joies de la terre. Alors la fée entassait prodiges sur prodiges pour délivrer sa protégée; et un beau jour Cendrillon voyait l'amour et le monde à ses pieds. Il me semble que c'est là mon histoire. J'ai dormi dans ma cage, et j'ai fait des songes dorés, que vous êtes venu changer en certitudes, si vite que je ne sais pas encore bien si je dors ou si je veille.

Aussi j'ai un peu peur. Le bonheur m'est venu si promptement et si magnifiquement que je n'ose y croire. Je crois pourtant que vous m'aimez, et que vous êtes le meilleur des hommes. Je sais que votre conduite sera telle que vous me l'annoncez. Je sais de mon côté que je n'en serai pas indigne: et ces sermens que vous me faites de ne point

m'asservir, je vous les fais aussi. Je m'engage à ne point exercer sur vous la tyrannie
des prières, des reproches et des convulsions, dont les femmes savent si bien tirer
parti. Quoique je n'aie pas votre expérience,
je crois pouvoir répondre de ma fierté.

Ce n'est donc pas l'austérité du mariage
qui m'effraie. Vous m'aimez et vous m'offrez tout ce que vous possédez; j'accepte,
parce que je vous aime. Si un jour nous ces-
sions de nous estimer, je ne suis pas inquiète de mon sort. Je sais assez travailler
pour gagner ma vie, et je ne vois en ce
genre aucun malheur capable de m'épouvanter assez pour m'empêcher d'accepter le
bonheur que vous m'offrez aujourd'hui ; ce
n'est pas la misère, ce ne sont pas les malheurs
vulgaires de la société qui m'inquiètent ;
c'est l'amour que vous avez pour moi, c'est
surtout celui que je ressens pour vous.
Vous ne voulez pas m'en parler, Jacques,

et c'est la seule chose qui m'occupe et qui m'intéresse.

Peut-être que j'agis contre la pudeur en vous parlant de cela, maintenant que vous affectez de m'entretenir de tout autre senti-ment. Mais vous m'avez habituée à vous dire sans détour tout ce qui me vient à l'es-prit. Vous m'avez dit souvent qu'il n'y avait rien au monde de plus hypocrite et de moins pur que certaines habitudes de réserve que les femmes s'imposent dans leur conduite et dans leurs discours. Je me livre donc sans crainte et sans honte, avec vous, à toutes les impulsions de mon cœur.

Si je vous épousais pour les raisons qui décident au mariage les trois quarts des jeu-nes personnes avec lesquelles j'ai été élevée, je me contenterais de ce que vous me promet-tez; et, pourvu que je fusse assurée d'être ri-che et indépendante, je ferais bon marché de votre amour et du mien. Mais il n'en est pas ainsi, Jacques. Comment avez-vous pu croire que j'eusse peur d'autre chose que de perdre cet amour que vous avez pour moi maintenant? Je sais bien que vous resterez mon ami, mais pensez-vous que cela me suffise et me console? Ah! tenez; ne parlons pas de notre mariage, parlons comme si nous étions seulement destinés à être amans. Il y a quelque chose de bien plus solennel que la loi et le serment, comme vous dites; il y a ce qui se passe en moi, l'attachement que j'ai pour vous, la force que cet attachement prend de jour en jour, le besoin de m'isoler de tout le reste, de n'aimer et de ne voir plus que vous sur la terre. C'est là ce qui me fait frémir, car je sens que mon amour sera éternel, et vous, vous ne savez rien du vôtre. Cette incertitude est affreuse, après ce qui m'a été dit de votre caractère enthousiaste et de la facilité avec la quelle vous savez passer d'une passion à une autre. Oh! Jacques, il

1.   11

vous en coûtait si peu de me dire deux mots qui m'auraient rassurée plus que toute votre lettre, et que j'aurais crus aveuglément. *Je t'aimerai toujours!* Pourquoi, au moment de les dire, vous arrêtez-vous comme frappé de la crainte de commettre un sacrilége? Vous pouvez répondre d'une éternelle amitié, vous pouvez promettre un dévouement sublime, un désintéressement héroïque, une générosité au-dessus de tous les préjugés, capable de tous les sacrifices, de toute les douleurs; mais quant *au reste, il ne dépend pas de vous.* Ces paroles sont affreuses, Jacques, effacez-les, je vous renvoie votre lettre. Je ne veux pas de ces autres sermens, je n'en ai pas besoin. Ils ont l'air d'un traité, d'une capitulation entre nous. Quand vous me pressez sur votre cœur en me disant: Oh! mon enfant, que je t'aime! Je suis bien plus sûre de mon bonheur.

XVI.

De Jacques à Fernande.

De Tours, le....

Ange de ma vie, dernier rayon du soleil qui luira sur mon front chauve! ne me rends pas fou, épargne ton vieux Jacques, il a besoin de sa raison et de sa force... Tu ne sais pas, tu ne sais pas, pauvre enfant, ce que tu promets et ce que tu demandes. Tu

ne songes pas que tu as dix-sept ans, et moi le
double; que tu seras encore un enfant quand
je serai vieux; que l'avenir est plein d'effroi
pour moi, si je m'abandonne à de trop rians
désirs, à de trop folles ambitions. Et tu crois
que c'est la crainte de changer d'amour qui
m'empêche de te promettre le même amour
que tu me jures? Sais-tu que jamais je
n'ai changé le premier, et que, dès les jours
les plus ardens de ma jeunesse, après
ma première déception, je suis resté cinq
ans entiers sans aimer et sans toucher une
seule femme? Est-ce là passer aisément
d'une passion à une autre? Va, ceux qui
prétendent m'avoir étudié et qui essaient de
te raconter ma vie, ne connaissent guère ni
l'un ni l'autre. T'ont-ils dit qu'avant de
renoncer à une affection, j'y avais été con-
traint par le mépris? Savent-ils ce qu'eût
été pour moi une passion fondée sur
une estime réelle? Savent-ils seulement ce

qu'il m'en a coûté pour ne pas pardonner et
combien j'ai été près de m'avilir à ce point?
Mais qui est-ce qui me connaît? qui est-ce
qui m'a jamais compris? Je n'ai jamais rien
raconté de mes souffrances ni de mes joies à
ces hommes qui se mêlent de me juger, et qui
n'ont de commun avec moi que le sang-froid
au champ de bataille et le stoïcisme du soldat
en campagne. Il faut t'en rapporter à moi,
Fernande, à moi seul, qui me connais bien
et qui n'ai jamais rien promis en vain. Oui,
je t'aimerai toujours, si tu le veux, si tu peux
le désirer toujours. Peut-être sera-ce possible entre nous, qui sait? Tu es sûre de toi,
cher ange! Oh! qu'il est triste le sourire qui
me vient sur les lèvres, quand je lis tes sermens! qu'il est difficile de résister à l'espérance que tu me donnes, et de ne pas m'y
abandonner follement! Vieillesse de l'esprit,
que tu es difficile à concilier avec la jeunesse du cœur!

Tu le vois, pour vouloir nous tourmenter de l'avenir, nous arrivons à douter l'un
de l'autre, et à nous le dire, ce qu'il y a de
plus cruel et de plus triste au monde. Pourquoi chercher à soulever les voiles sacrés du
destin ? Les cœurs les plus fermes ne résistent
pas toujours à son choc inévitable. Quelles
promesses, quels sermens peuvent lier l'a-
mour ? Sa plus sûre garantie, c'est la foi et
l'espoir : ah ! gardons-nous d'interroger trop
souvent le livre mystérieux où la durée de
notre bonheur est écrite de la main de Dieu ;
acceptons le présent avec reconnaissance, et
sachons en jouir sans le laisser empoisonner
par la crainte du lendemain. Quand il ne devrait durer qu'un an, qu'une semaine ; quand
je devrais payer un seul jour de ta tendresse
par toute une vie de solitude et de regrets,
je ne me plaindrais pas, et mon cœur conser-
verait envers Dieu et envers toi une éternelle
reconnaissance. Lance-toi donc avec courage

sur cette mer incertaine de la vie où les prévisions ne servent à rien, où la force elle-
même n'est bonne qu'à périr vaillamment.
Il n'y a pas de conquête pour ceux qui ne
veulent pas combattre ; il n'y a pas de jouis-
sance pour ceux que la peur inquiète. Viens
dans mes bras sans crainte et sans fausse
honte ; sois toujours naïve comme l'enfance,
ô ma vierge ! ô ma sainte ! ne rougis pas
de me dire ton amour. La chasteté est nue
comme Ève avant sa faute. L'homme qui
a vécu vingt ans soldat au milieu des nations
aviles, des mœurs méprisées, des coutumes
foulées aux pieds ; qui a traversé l'Europe
bouleversée au milieu d'une société de vain-
queurs grossiers et vains, sans contracter un
vice, sans recevoir une souillure ; celui-là,
peut-être, est digne de toi, au moins pour
quelques années. Si plus tard la vieillesse des-
sèche son cœur, si l'égoïsme et la triste jalousie
remplacent en lui l'amour et le dévouement,
esse de l'aimer, tu en auras le droit ; car

ce ne sera plus le Jacques que tu auras connu,
et à qui tu auras promis de l'aimer toujours.

Si tout cela ne te rassure pas, si tu exiges
de moi d'autres sermens, il m'est impossible
de te rien dire de plus. Je suis honnête, mais
je ne suis pas parfait : je suis un homme, et
non pas un ange. Je ne puis pas te jurer que
mon amour suffira toujours aux besoins de
ton ame : il me semble qu'oui, parce que je
le sens ardent et vrai ; mais ni toi ni moi ne
connaissons ce qu'à de force et de durée en
toi la faculté de l'enthousiasme, qui seule fait
différer l'amour moral de l'amitié. Je ne puis
te dire que chez moi cet enthousiasme survi-
vrait à de grandes déceptions ; mais la tendresse paternelle ne mourrait pas dans mon
cœur avec lui. La pitié, la sollicitude, le dévouement, je puis jurer ces choses-là ; c'est
le fait de l'homme : l'amour est une flamme
plus subtile et plus sainte ; c'est Dieu qui le
donne et qui le reprend. — Adieu : ne dédaigne pas l'amitié de ton vieux Jacques.

XVII.

De Sylvia à Jacques.

Maintenant que vous êtes à la veille de vous marier, maintenant que nous entrons dans une phase nouvelle de ce sentiment sans nom que nous avons l'un pour l'autre , il faut que vous me disiez la vérité sur un des points les plus importans de ma destinée. Jusqu'ici j'ai

dû et j'ai pu respecter votre silence; à présent
je ne le puis plus. Vous étiez mon seul appui
sur la terre; je vais peut-être vous perdre :
dois-je accepter encore votre protection et vos
dons? Quand vous étiez indépendant, il m'importait peu de savoir si vous étiez mon tuteur
ou mon bienfaiteur; à présent, vous allez
avoir une famille étrangère à moi, vos biens
lui appartiendront légitimement; je n'en veux
pas prendre la plus légère partie, si je n'ai des
droits sacrés à votre sollicitude. D'ailleurs,
cette incertitude m'est pénible, et l'obscurité
répandue à mes propres yeux sur nos relations
jette dans ma vie des doutes effrayans et bizarres. Octave lui-même n'est pas tranquille :
il n'a pas assez de grandeur d'ame pour se fier
aveuglément à ma parole, et pas assez d'énergie dans la volonté pour m'accuser franchement. Les commentaires insolens des curieux
de cette ville se réduisent à ceci, que vous avez
été mon amant, et que vous me faites *un sort*

par délicatesse. Je méprise ces inconvéniens inévitables de mon isolement et de ma naissance. Habituée de bonne heure à n'avoir pas de famille et à faire péniblement ma route au milieu d'un monde froid et méprisant qui me disait à chaque pas : Qui êtes-vous? d'où venez-vous? à qui appartenez-vous? je n'ai jamais compté sur ce qu'on appelle la *considération*. J'aurais pu l'acquérir peut-être en me faisant connaître, en me cherchant des amis; mais je n'en sentais pas le besoin : votre affection me suffisait et remplissait ma vie, quand l'amour ne l'occupait pas.

A présent, vous allez peut-être me manquer; vos nouvelles affections vont nous séparer : il faut que j'essaie de me rattacher plus intimement à Octave; il faut que je lui pardonne d'avoir douté de moi, ce que je n'aurais pardonné en aucune autre circonstance de ma vie, et que je descende à le rassurer, en lui donnant une preuve de mon innocence. Cette preuve, je suis presque sûre qu'un mot de vous peut la fournir : en vain vous me l'avez refusé, j'ai deviné depuis long-temps ce que nous sommes l'un à l'autre. Tracez-la donc cette parole, afin qu'elle mette entre nous une ligne sacrée que le soupçon n'ose pas franchir, afin qu'elle m'autorise à dormir tranquille sous le toit d'une maison qui vous appartient. Avouez que je ne suis pas la fille d'un de vos amis; avouez que vous êtes mon frère. Vous avez fait un serment au lit de mort de celui qui m'a donné le jour; vous devez le rompre : il y va de tout le repos de ma vie. Qu'importe que je sache le nom de mon père? je ne l'ai pas connu, je ne peux pas l'aimer; mais je lui pardonne de m'avoir aban-donnée. Quel qu'il soit, je ne le maudirai ja-mais : je le bénirai peut-être, s'il est ton père.

XVIII.

De Jacques à Sylvia.

J'ai beaucoup réfléchi à ta demande. Lorsque j'ai fait un serment au lit de mort de ton père, je me suis réservé le droit de le rompre un jour, si certaines circonstances le rendaient nécessaire à ton repos et à ton honneur. Je crois, en effet, que ce moment est

venu; mais, vraiment, ce que j'ai à te dire
est si peu satisfaisant, si incertain, que je ferais peut-être mieux de me taire et de rester
ton frère adoptif. Pourtant si tu refuses mon
appui, il faut parler, il faut rassurer ta fierté,
et te dire que tu ne dois pas mon dévouement
à la compassion, mais à un sentiment de devoir, à un lien du sang que mon cœur a accepté et légitimé du jour où il t'a connue.
J'ai la conviction intime que tu es ma sœur;
je n'en ai pas la certitude, je n'en pourrai
jamais fournir la preuve; mais tu peux dire
à l'univers entier que je n'ai jamais eu pour
toi que les sentimens d'un frère.

Cette petite image de saint Jean Népomucène, dont tu as une moitié et moi l'autre, c'est là toute la preuve sociale de notre
fraternité. Mais elle est auguste et sainte à
mes yeux, et mon ame s'y rattache avec
transport. Quand mon père mourut, j'avais
vingt ans; j'étais son ami plutôt que son

fils. C'était un homme bon et faible ; j'avais un autre caractère. Il craignait mon juge- ment ; mais il avait confiance dans ma ten- dresse. Depuis plusieurs heures, il était en proie aux lentes convulsions de l'agonie ; de temps en temps il se ranimait, faisait un effort pour parler, regardait avec inquiétude autour de lui, m'adressait un serrement de main convulsif, et retombait sans force. Au dernier moment, il réussit à prendre un pa- pier sous son chevet et à me le mettre dans la main, en disant : Tu feras ce que tu vou- dras, ce que tu jugeras devoir faire ; je m'en rapporte à toi. Jure-moi le secret. — Je vous le jure, répondis-je après avoir jeté les yeux sur le papier, jusqu'au jour où mon silence compromettrait la destinée de l'être que ce secret concerne. Croyez que j'aurai soin de l'honneur de mon père. — Il fit un si- gne affirmatif et répéta : — Je m'en rapporte à toi. — Ce furent ses dernières paroles.

Voici ce que contenait le papier : Trois
parcelles détachées ; sur l'une était écrit : *Le*
15 mai 17... fut déposé, à l'hospice des Or-
phelins, à Génes, un enfant du sexe fémi-
nin, avec le signe de saint Jean Népomu-
cène.—Sur la seconde : — « J'ai commis ce
» crime, et voici mon excuse. Madame de —
» avait un autre amant en même temps que
» moi. L'incertitude, la compassion me dé-
» cidèrent à l'assister dans ses souffrances.
» Elle était seule. L'autre l'avait abandon-
» née ; mais je ne pus pas me résoudre à em-
» porter son enfant. D'un commun accord,
» nous l'avons mis à l'hospice. Cela acheva
» de me faire haïr et mépriser cette femme.
» J'ai gardé le signe afin que si, quelque
» jour, il m'était prouvé que l'enfant m'ap-
» partînt... Mais c'est impossible ; je ne le
» saurai jamais. » — Le nom de cette femme
est écrit en toutes lettres de la main de mon
père, et je la connais. Elle vit, elle passe

pour vertueuse ; elle en a la prétention du moins ! Je ne te la nommerai jamais, Sylvia, cela ne servirait à rien, et l'honneur me le défend. Le troisième papier était le coupon de l'image du saint, dont l'autre moitié avait été attachée à ton cou.

J'étais presque aussi incertain que mon père avait pu l'être. Il m'avait souvent parlé de cette madame de —. Elle avait désolé sa vie ; je l'avais vue dans mon enfance ; je la détestais. Aller au secours de sa fille, du fruit d'un double amour, infâme et menteur, c'était une audace de générosité pour laquelle je me sentis d'abord une invincible répugnance. Mon père m'avait dit de faire ce que je jugerais convenable. J'essayai d'ensevelir ce secret dans l'oubli, et de t'abandonner au destin, pauvre infortunée ! Mais il y a une voix du ciel qui parle sur la terre aux *hommes de bonne volonté*, comme dit naïvement le saint cantique. Du moment où j'eus ré-

solu de te délaisser, il me sembla que Dieu
me criait à toute heure d'aller à ton secours.
Je fis plusieurs songes où j'entendais distinctement la voix de mon père mourant qui me
disait : C'est ta sœur! c'est ta sœur! — Une
fois, je me souviens que je vis passer un
groupe d'anges dans mon sommeil. Au milieu d'eux, il y avait un bel enfant sans ailes,
qui était pâle et qui pleurait. Sa beauté, sa
douleur me firent une impression si vive,
que je m'éveillai au moment où je m'élan-
çais pour l'embrasser. Je me persuadai que
ton ame m'était apparue en s'envolant vers
les cieux. Elle est morte, me disais-je; mais
avant de retourner à Dieu, elle a voulu venir me dire : J'étais ta sœur, et je pleure,
parce que tu m'as abandonnée. — Je pris
un jour l'image du saint; cette mauvaise petite gravure, prise au hasard et à la hâte
sans doute dans quelque livre de prières, au
moment où l'on t'abandonna, me fit une

impression étrange. C'était là tout ton héritage, tous les titres que tu possédais à la
tendresse et aux soins d'une famille ; toute
une destinée humaine, tout l'avenir d'un
pauvre enfant était là ! Voilà le don que tes
parens t'avaient fait en te mettant au monde ;
voilà à quoi s'étaient bornées la protection
et la générosité d'une mère ! Elle t'avait mis
sur la poitrine ce présent magnifique, et elle
t'avait dit : Vis et prospère !

Je me sentis pénétré d'une compassion si
vive, que les larmes me vinrent aux yeux et
que je me mis à sangloter, comme si tu avais
été mon enfant, et qu'on t'eût enlevée à
moi pour te jeter parmi les orphelins. L'é-
motion que me causa cette gravure est telle,
que je ne puis la voir encore sans être prêt à
pleurer. Nous l'avons souvent regardée ensemble, et, quand tu étais encore enfant, tu
la baisais avec transport chaque fois que je
te la confiais pour la rapprocher de la moi-

tié suspendue à ton cou. Que ces baisers,
pauvre fille, me semblaient un éloquent et
angélique reproche à ton odieuse mère! On
t'avait dit dans tes premières années que ce
saint était ton protecteur, ton meilleur ami;
qu'il t'aiderait à retrouver tes parens; et
quand je suis venu à toi, tu l'as remercié, tu
as redoublé de confiance et d'amour pour
lui; et je me suis mis à l'aimer moi-même.
Si ce n'est le saint, c'est au moins l'image
qui m'est chère. A force de la regarder
avec les yeux du cœur, j'ai découvert sur
cette figure une expression qu'elle n'a peut-
être pas. J'en ai les trois quarts sur mon
coupon: c'est une tête de jeune homme avec
des cheveux courts et des traits communs;
mais elle est penchée dans une attitude douce
et mélancolique sur une Bible que la main
soutient. Dans ce livre, me disais-je avant
de t'avoir vue, et lorsque je m'imaginais que
tu étais morte, le triste patron semble lire

la courte et misérable destinée de l'enfant confié à sa protection. Il la contemple avec tendresse et compassion; car nul autre que lui n'a eu pitié de l'orphelin sur la terre.

Entraîné vers toi par un sentiment indéfinissable, je dirais presque par une attraction surnaturelle, je quittai Paris six mois après la mort de mon père, et je me rendis à Gênes. Je pris des information à l'hospice. Cette recherche était loin d'être certaine; j'avais la date du jour où l'on t'avait déposée, mais non pas l'heure. Plusieurs enfans avaient été déposés le même jour. D'après le témoignage des registres, on me donna trois indications différentes. Le signe de saint Jean Népomucène était le seul renseignement que je pusse donner, et tu pouvais l'avoir perdu depuis long-temps. Mes premières tentatives furent vaines; l'enfant qu'on me désigna avait un autre signe; il était contrefait, hideux; j'avais tremblé que ce ne fût là ma sœur. Je

partis ensuite pour un petit village situé
dans les montagnes de la côte, où l'on
m'indiqua une famille de paysans qui avait
encore un des enfans abandonnés dans la
journée du 15 mai 17—. Quelles amères réflexions je fis sur ton sort durant le chemin!
Combien tu pouvais être avilie, maltraitée,
misérable entre les mains de ces hommes rudes et grossiers, qui font une spéculation de
leur charité à l'égard des orphelins, et qui
ne se chargent de les élever qu'afin d'avoir
en eux plus tard des serviteurs non salariés!
J'arrivai à Saint—, ce romantique hameau
où tu as vécu tes dix premières années, et
dont tu as gardé un si cher souvenir, et je te
trouvai au sein de cette honnête famille qui
te chérissait à l'égal de ses propres membres,
et dont tu gardais les chèvres sur le versant
des Alpes maritimes. Cette journée ne sor-
tira jamais de notre mémoire, n'est-ce pas,
chère Sylvia? Combien de fois nous nous

sommes raconté l'impression que nous causa
la première vue l'un de l'autre ! Mais t'ai-je
dit avec quelle émotion je fis mes premières
recherches ? J'étais bien incertain encore. Tes
parens adoptifs m'avaient assuré que tu
avais une image de saint ; mais ils ne savaient pas lire ; et comme le coupon ne
portait que les dernières lettres du nom de
Népomucène, ils ne se rappelaient pas quel
saint le curé du village avait nommé plusieurs fois en examinant le signe. La femme
qui t'avait nourrie faisait son possible pour
me persuader que tu n'étais pas l'enfant que
je cherchais. L'espoir d'une récompense
n'adoucissait pas pour elle l'idée de te perdre. Tu étais si aimée ! tu avais déjà su exercer une telle puissance d'affection sur tous
ceux qui t'entouraient ! La manière presque superstitieuse dont cette famille parlait de toi me semblait un témoignage de la
protection mystérieuse et sublime que Dieu

accorde à l'orphelin, en le douant presque
toujours de quelque attrait ou de quelque
vertu qui remplace la protection naturelle
de ses parens, et qui lui attire forcément le
dévouement de ceux que le hasard lui donne
pour appui. D'après les commentaires de
ces honnêtes montagnards, tu devais appartenir à la plus illustre famille; car tu avais
autant de fierté dans le caractère que si un
sang royal eût coulé dans tes veines. Ton intelligence et ta sensibilité faisaient l'admiration du curé et du maître d'école du village.
Tu avais appris à lire et à écrire en moins
de temps que les autres n'en mettaient pour
épeler. Je me souviendrai toujours des paroles de ta nourrice. — Orgueilleuse comme
la mer, disait-elle en parlant de toi, et méchante comme la bourrasque, il faut que
tout le monde lui cède. Ses frères de lait lui
obéissent comme des imbéciles; ils sont si
simples, mes pauvres enfans, et celle-là est

si fière! avec cela, caressante et bonne comme
un ange, quand elle s'aperçoit qu'elle a fait
de la peine. Elle a été trois jours au lit avec
la fièvre, pour le chagrin qu'elle a eu d'avoir
fait mal au petit Nani une fois qu'elle était
en colère. Elle l'a poussé, l'enfant est tombé
et a saigné un peu. Quand j'ai vu cela, la colère
m'est venue à moi-même; j'ai couru d'abord
relever le petit, et puis j'ai cherché le démon de petite fille pour l'assommer; mais
je n'ai pas eu le courage de la toucher, quand
je l'ai vue venir à moi toute pâle et se jeter
au cou du petit Nani, en criant : Je l'ai tué!
je l'ai tué! L'enfant n'avait pas grand'chose,
et la Sylvia a été plus malade que lui. — Le
curé, à son tour, arriva, et m'assura que
ton saint était bien Jean Népomucène. Le
cœur me bondit de joie, car je t'aimais pas-
sionnément depuis une heure. Ce qu'on me
racontait de ton caractère ressemblait tellement aux souvenirs de mon enfance, que je

me sentais ton frère de plus en plus à chaque instant. Pendant ce temps, on te cher-
chait; tu avais conduit les chèvres au pâtu-
rage; mais la montagne était haute, et je
t'attendais impatiemment à la porte de la
maison. Le curé me proposa de me conduire
à ta rencontre, et j'acceptai avec joie. Que
de questions je lui adressai sur le chemin!
que de traits de ton caractère je lui fis raconter! Je n'osais pas lui demander si tu étais
belle; cela me semblait une question puérile, et cependant je mourais d'envie de
le savoir. J'étais encore un peu enfant moi-
même, et l'intérêt que je sentais pour toi
était comme mon âge, romanesque. Ton
nom, étrangement recherché pour une gar-
deuse de chèvres, résonnait agréablement à
mon oreille. Le curé m'apprit que tu t'appelais Giovanna; mais qu'une vieille marquise française, retirée dans les environs
depuis l'émigration, t'avait prise en amitié

dès tes premiers ans, et t'avait donné ce nom
de fantaisie, qui avait, malgré l'avis et les
remontrances du bonhomme, remplacé celui de ton saint patron. Il n'aimait pas beaucoup la marquise, le brave curé; il préten-
dait qu'elle te gâtait le jugement et t'exaltait
l'imagination en te faisant lire les contes de
Perrault et de madame d'Aulnoy, qu'il qua-
lifiait de livres dangereux. Il est heureux,
disait-il, que la petite fortune de cette
dame ne lui ait pas permis de donner aux
parens adoptifs de l'enfant une somme assez
forte pour les engager à la lui confier entièrement. Ils ont mieux aimé en faire une ber-
gère, et, dans l'incertitude de l'avenir de
cette pauvre petite, ils avaient raison, autant pour elle que pour eux. Maintenant la
Providence lui envoie une autre destinée;
ce doit être pour le mieux, car elle est mère
de l'orphelin, et se charge de celui que les
hommes abandonnent. Mais je vous en sup-

plie, monsieur, me disait-il, surveillez cette
éducation-là. Vous êtes bien jeune pour vous
en occuper vous-même; mais faites que
cette bonne terre reçoive le bon grain d'une
main bien entendue. Il y a là le germe d'une
vertu peu commune, si on sait le développer. Qui sait si la négligence ou des leçons imprudentes n'y feraient pas éclore le
vice? Elle sera belle, quoiqu'un peu brûlée
par notre soleil, et la beauté est un don funeste aux femmes que la religion ne protége
pas... — Elle est belle, dites-vous? lui demandai-je. — Parbleu! la voilà, me dit le
curé, en me montrant un enfant endormi
sur l'herbe. Nous l'aurions attendue long-
temps au train dont elle vient à nous.

Oh! que tu étais belle en effet dans ton
sommeil, ma Sylvia, ma sœur chérie!
quel enfant robuste, courageux et fier tu
me semblas, étendue ainsi sur la bruyère
entre le ciel et la cime des Alpes, exposée aux

rayons ardens du jour et au vent de la mer
qui par instans passait par bouffées et sé-
chait la sueur sur ton large front ombragé
de cheveux humides ! Que tes grands cils je-
taient une ombre pure sur tes joues hâlées ,
plus douces que le velours de la pêche ! Il y
avait de l'insouciance et de la mélancolie
en même temps dans le demi-sourire de ta
bouche entr'ouverte ; de la sensibilité et de
l'orgueil, pensais-je , le caractère que cette
montagnarde m'a naïvement dépeint !.. J'ar-
rêtai le bras du curé qui voulait te réveiller.
Je voulus te contempler long-temps, chercher
scrupuleusement, dans la forme de ta tête et
dans les lignes de ton visage, une ressem-
blance vague avec mon père ou avec moi. Je
ne sais si elle existe réellement ou si je l'i-
maginai , je crus reconnaître notre fraternité
dans ce grand front, dans ce teint brun ,
dans la profusion de ces cheveux noirs qui
tombaient en deux longues tresses jusqu'à

ton jarret, peut-être encore dans certaines
courbes des traits; mais rien de tout cela n'est
assez prononcé pour faire foi devant les hommes. Cette fraternité existe dans notre ame et
dans les ressemblances de notre caractère
d'une manière bien plus frappante.

Le curé t'appela; tu entr'ouvris les yeux
sans le voir, puis tu fis un mouvement dédaigneux de l'épaule et du coude, et tu te
rendormis. Il détacha alors le scapulaire sus-
pendu à ton cou, l'ouvrit et rapprocha le
coupon d'image qu'il contenait de celui
que je lui avais présenté. Nous les reconnû-
mes aussitôt. Tu t'éveillas en cet instant:
ton premier regard fut sauvage comme celui d'un chamois. Tu vis le scapulaire entre
nos mains, tu le cherchas à ton cou, et, ne
l'y trouvant pas, tu fis un brusque élan pour
nous l'arracher. Mais le curé te mit devant
les yeux les deux moitiés réunies de l'image,
et tu compris aussitôt ce qui se passait; tu

bondis sur moi comme un chevreau, et, m'é-
treignant le cou avec la vigueur d'une montagnarde, tu t'écrias: Voilà mon père, mon
père est retrouvé!

On eut beaucoup de peine à te persuader
que je n'étais pas ton père; tu prétendais que
je ne voulais pas en convenir. Le curé tâcha
de te faire comprendre que c'était impossible, que j'avais dix ans seulement de plus
que toi. Alors tu me demandas impétueu-
sement où étaient ton père et ta mère,
et tu me commandas presque de te mener
vers eux. Je te répondis qu'ils étaient
morts l'un et l'autre, et tu frappas la terre
de ton pied nu, en disant: J'en étais sûre;
à présent, il faut que je reste ici. — Non, te
dis-je, c'est moi qui remplace ton père. Il
était mon meilleur ami, il m'a cédé ses droits
sur toi; veux-tu me suivre? —Oui, oui, ré-
pondis-tu avec avidité en m'embrassant. —
Voilà les enfans! dit le curé avec tristesse,

on les aime, on les élève, on ne vit que
pour eux, et quand on croit jouir de leur
reconnaissance et de leur affection, ils vous
abandonnent avec joie pour suivre le premier inconnu qui passe, et sans demander
seulement où il les mène.

Tu compris fort bien ce reproche, car tu
répondis au curé : Est-ce que vous croyez
que je vous abandonne ? Est-ce que je ne reviendrai pas vous voir et garder les chèvres
de ma mère Elisabeth ? Mais, voyez-vous, il
faut que je voyage et que je voie tous les
pays du monde ; un jour je reviendrai sur un
vaisseau, avec beaucoup d'argent que je
donnerai à mes frères de lait, et nous ache-
terons un grand troupeau de chèvres, et
nous bâtirons une bergerie sur la montagne
des Coquilles. — Tu parlais toujours ainsi
une sorte de langage à la fois féerique et bi-
blique, que tu avais appris dans tes lectures.

passai plusieurs jours dans ton village. J'eus
presque envie de t'y laisser, tant cette vie me
semblait heureuse, tant les avantages de la
société où j'allais te jeter, me parurent
misérables et dérisoires, près de cette
existence laborieuse, saine et tranquille.
Mais en t'observant, en faisant de longues
promenades avec toi dans la montagne, et
criblant de questions ton esprit ardent et
naïf, en commentant scrupuleusement tes
réponses bizarres, parfois éclatantes de bon
sens et de raison, souvent folles comme les
idées fantastiques de l'enfance, je m'assurai
que tu n'étais pas faite pour cette vie pasto-
rale, et que rien ne pourrait t'y attacher. Depuis, dans les douleurs de la vie, tu m'as
doucement reproché de t'avoir tiré de cet en-
gourdissement où tu aurais vécu tranquille,
pour te lancer dans un monde de souffrances
et de déceptions. Hélas! ma pauvre enfant,
le mal était fait avant que je vinsse, et je ne

crois pas qu'il faille même en accuser les
contes de fées que te prêtait la marquise.
Ton intelligence avide et pénétrante était
seule coupable, et le germe du désespoir
était caché en toi, dans le bouton à peine
entr'ouvert de l'espérance. Tu n'avais pas la
tête courte et pesante de tes sœurs de lait et
tu n'aurais jamais su, aussi bien qu'elles,
faire le fromage et filer la laine. Je me fis raconter, par toi et par ta nourrice, les premières sensations de ta vie. Je sais comme tu
te tourmentais pour deviner de qui tu pouvais être fille, quand tu appris qu'Élisabeth
n'était pas ta mère. Tu te tenais alors tout
le jour sur le bord du sentier qui mène à la
mer, et, lorsque tu voyais paraître une voile,
tu disais, voilà maman qui vient me voir avec
une robe blanche. La lecture des féeries
joignit à cette continuelle rêverie de ta famille, des idées de voyages, de richesse et
de générosité. Tu ne songeais qu'à devenir

reine, afin de combler de largesses tes parens adoptifs. Ces songes dorés n'auraient jamais pu habiter impunément ton cerveau. Ils ne se seraient pas évanouis tranquillement au jour de la raison, pour faire place aux occupations d'une vie toute matérielle. Le sentiment d'une destinée différente de celles qui t'entouraient les avait fait naître; ton cœur les aurait regrettés avec amertume, ou tu te serais perdue en cherchant à les réaliser. Tu étais une adorable enfant avec ton caractère franc, hardi et entreprenant, avec ta candeur affectueuse et tes bizarres volontés. Mais il était temps que des occupations plus élevées, et des idées plus justes, vinssent régler l'élan impétueux de cette jeune tête; l'éducation te devenait indispensable, non pour être heureuse, ton organisation supérieure ne le permettait guère, mais du moins pour ne pas descendre de l'échelon élevé où Dieu avait placé ton intelligence.

Tu quittas Elisabeth, tes frères de lait, le
curé, ta vieille marquise, tous tes amis et
jusqu'à tes chèvres, avec une sorte de désespoir passionné. Tu les embrassais alternativement en versant des torrens de larmes. Cependant, quand on te proposait de rester, tu
t'écriais : C'est impossible ! c'est impossible !
il faut que je voyage. Tu le sentais, Sylvia,
cette vie n'était pas faite pour toi. Du fond
des abîmes de l'inconnu, une voix mystérieuse s'élevait incessamment vers toi et te
réclamait dans cette région des orages que
tu as dû traverser. Tu es devenue ce que tu
es sans rien perdre de ta grâce sauvage et
de ta rude franchise. Tu as vu notre civilisation et tu es restée l'enfant de la montagne.
Faut-il s'étonner que tu aies si peu de sympathies avec ce monde imbécille et faux,
quand tu rapportes du désert l'âpre droiture,
et le sévère amour de la justice, que Dieu révèle aux cœurs purs et aux esprits robustes,

quand tout ton être, et jusqu'à ta vigueur physique, diffère des êtres qui sont autour de toi ? Ils ne te viennent pas à la cheville, pauvre Sylvia, et tu te fatigues à regarder à terre sans trouver un cœur qui soit digne d'être ramassé. Je le crois bien, Octave n'est pas fait pour toi ! et pourtant, s'il est au monde un jeune homme sincère, doux et affectueux, c'est bien lui; mais le meilleur possible entre tous les autres n'est pas ton égal, et tu dois souffrir. Que veux-tu que je te dise ? aime-le aussi long-temps que tu le pourras.

Quant au secret de ta naissance, je te conjure de ne lui donner aucun détail, réponds à ses soupçons que je suis ton frère. Les personnes qui ont l'esprit bien fait devraient l'imaginer sans demander d'explication. Les inquiétudes d'Octave m'offensent pour toi. J'ai tort sans doute. Il ne te connaît pas comme moi, il souffre comme souffriraient

à sa place les dix-neuf vingtièmes des hommes, il est jaloux parce qu'il est épris. Je me
dis tout cela ; mais je ne puis chasser l'espèce d'indignation qui soulève mon sang à
l'idée d'un doute injurieux sur Sylvia. Nous
sommes ainsi l'un pour l'autre. Ah! ma sœur
nous sommes trop orgueilleux! notre vie
sera un combat éternel. Mais que faire? Je
vivrais cent ans que je ne pourrais consentir
à m'avouer coupable des lâchetés dont le
monde accuse ses enfans. Je sens mon cœur
qui se révolte à la seule idée des turpitudes
qu'il trouve présumables et naturelles; et
quand je vois le sourire sur les lèvres de celui qui refuse de me croire pur, quand, après
m'avoir accusé d'une scélératesse, il s'en va
en me secouant la main et en me disant:
N'importe, qu'il en soit ce qu'il voudra, tout
à vous; il me prend envie de l'insulter pour
mettre entre nous une franche haine au lieu
de cette indigne et salissante amitié.

Et toi, juste et sainte créature, qui seule au monde comprends le vieux Jacques et compatis aux souffrances de son orgueil, sois ce que tu voudras pour moi, mais laisse-moi me croire, me sentir éternellement ton frère.

FIN DE LA PREMIÈRE PARTIE.

Deuxième Partie.

XIX.

De Fernande à Clémence.

Saint-Léon en Dauphiné le....

Pardonne-moi, mon amie, d'avoir passé un mois sans t'écrire. C'est bien mal de ma part, et tu as raison de me gronder. Oui, il est bien vrai que je t'ai accablée de mes lettres quand j'étais tourmentée, quand j'avais besoin de tes conseils et de tes consolations! Et maintenant que je suis heureuse, je te délaisse. L'amour est égoïste, dis-tu; il n'appelle l'amitié à son secours que lorsqu'il souffre; j'ai agi du moins comme si cela était inévitable, j'en suis toute honteuse, et je t'en demande pardon.

Pour réparer ma faute, ce que je puis faire de mieux, c'est de répondre à toutes tes questions, et de te prouver ainsi que je ne t'ai rien retiré de ma confiance; mais si je reviens à toi, n'en conclus pas, malicieuse, que ma lune de miel est finie, tu vas voir que non.

Si j'aime toujours mon mari autant que le premier jour? Oh! certainement, Clémence, et même je puis dire que je l'aime bien plus. Comment pourrait-il en être autrement? Chaque jour me révèle une nouvelle qualité, une nouvelle perfection de Jacques; sa bonté pour moi est inépuisable, sa tendresse, délicate comme celle d'une bonne mère pour son enfant. Aussi chaque jour me force à l'aimer

plus que la veille. A cette félicité du cœur,
à ces joies de l'amour heureux et satisfait, se
joignent pour moi mille petites jouissances
qu'il y a peut-être de la puérilité à mention-
ner, mais qui sont très-vives, parce qu'elles
m'étaient absolument inconnues. Je veux
parler du bien-être de la richesse, qui suc-
cède pour moi à une vie d'économie et de
privations. Je ne souffrais pas de cette mé-
diocrité, j'y étais habituée; je ne désirais
pas devenir riche, je ne songeais pas plus à
la fortune de Jacques, en l'épousant, que si
elle n'eût pas existé; pourtant je ne crois
pas qu'il y ait de la bassesse à m'apercevoir des avantages qu'elle procure, et à
savoir en jouir. Ces plaisirs journaliers, ce
luxe, ces mille petites profusions dont je
suis entourée, me seraient aussi amers qu'ils
me sont précieux, si je les devais à un contrat
avilissant, ou si je les recevais d'une main
orgueilleuse et détestée; mais recevoir tout

cela de Jacques, c'est en jouir deux fois! Il y a tant de grâce, je pourrais même dire de gentillesse dans ses dons et dans ses prévenances! Il semble que cet homme soit né pour s'occuper du bonheur d'autrui, et qu'il n'ait pas d'autre affaire dans la vie que de m'aimer.

Tu me demandes si cette vie de château me plaît, si je ne m'en dégoûterai pas, si la solitude ne m'effraie point? La solitude! quand Jacques est avec moi! Ah! Clémence, je le vois bien, tu n'as jamais aimé. Pauvre amie, que je te plains! tu n'as pas connu ce qu'il y a de plus beau dans la vie d'une femme. Si tu avais aimé, tu ne me demanderais pas si je me trouve isolée, si j'ai besoin des plaisirs et des distractions de mon âge : mon âge est fait pour aimer, Clémence, et il me serait impossible de me plaire à quelque chose qui serait étranger à mon amour. Quant aux amusemens que je partage avec Jacques, je les aime et je les ai à discrétion; j'en ai même

plus que je ne voudrais, et souvent j'aimerais
mieux rester seule avec lui à parcourir tranquillement les allées de notre beau jardin,
que de monter à cheval et de courir les bois
à la tête d'une armée de piqueurs et de chiens.
Mais Jacques a tellement peur de ne pas me
divertir assez! Brave Jacques, quel amant!
quel ami!

Tu veux des détails sur mon habitation,
sur le pays, sur l'emploi de mes journées; je
ne demande pas mieux que de te raconter
tout cela : ce sera te parler de tous les bonheurs que je dois à mon mari.

Quand je suis arrivée ici, il était onze heures du soir; j'étais très-fatiguée du voyage,
le plus long que j'aie fait de ma vie. Jacques
fut presque forcé de me porter de la voiture sur le perron. Il faisait un temps sombre et beaucoup de vent; je ne vis rien, que
quatre ou cinq grands chiens qui avaient fait
un vacarme épouvantable autour des roues

de la voiture pendant que nous entrions dans la cour, et qui vinrent se jeter sur Jacques en poussant des hurlemens de joie, dès qu'il eut mis pied à terre. J'étais tout épouvantée de voir ces grandes bêtes danser ainsi autour de moi. — N'en aie pas peur, me dit Jacques, et sois bonne pour mes pauvres chiens.— Quel est l'homme qui donnerait de semblables témoignages de joie à son meilleur ami, en le retrouvant après une absence de quelques mois? Je vis ensuite arriver une procession de domestiques de tout âge qui entourèrent Jacques d'un air à la fois affectueux et inquiet. Je compris que mon arrivée causait beaucoup d'anxiété à ces braves gens, et que la crainte des changemens que je pourrais apporter au régime de la maison balançait un peu le plaisir qu'ils pouvaient éprouver à voir leur bon maître. Jacques me conduisit à ma chambre qui est meublée à l'ancienne mode avec un grand luxe. Avant de me coucher, je voulus jeter un regard sur les jardins, et j'ouvris ma fenêtre ; mais l'obscurité m'empêcha de distinguer autre chose que d'épaisses masses d'arbres autour de la maison et une vallée immense au-delà. Un parfum de fleurs monta vers moi ; tu sais comme j'aime les fleurs, et tout ce qui me passe par la tête quand je respire une rose. Ce vent tout chargé de senteurs délicieuses me fit éprouver je ne sais quel tressaillement de joie ; il me sembla qu'une voix me disait : Tu seras heureuse ici. J'entendis Jacques qui parlait derrière moi ; je me retournai et je vis une grande jeune fille de seize ou dix-huit ans, belle comme un ange et vêtue à la manière des paysannes du Dauphiné, mais avec beaucoup d'élégance. — Tiens, me dit Jacques, voilà ta soubrette ; c'est une bonne enfant qui fera son possible pour te bien servir. C'est ma filleule, elle s'appelle Rosette.— Cette Rosette, qui a une figure si intelligente

et si bonne, et qui me baisait la main d'un
petit air caressant et respectueux, fut pour
moi une autre circonstance de bon augure.
Jacques nous laissa ensemble et alla s'occuper de payer les postillons. Quand il revint,
j'étais couchée; il me demanda la permission
de se faire apporter le café dans ma chambre;
pendant que Rosette le lui versait, je m'endormis doucement. Je vivrais cent ans, que
je ne pourrais oublier cette soirée, où pourtant il ne s'est rien passé que de très-ordi-
naire et de très-naturel; mais quelles idées
riantes, quel sentiment de bien-être, ont bercé
ce premier sommeil sous le toit de Jacques!
Je puis bien dire que je me suis endormie dans
la confiance de mon destin. La fatigue même
du voyage avait quelque chose de délicieux,
je me sentais accablée, et je n'avais la force
de penser à rien; mes yeux étaient encore
ouverts et ne cherchaient plus à se rendre
compte de ce qu'ils voyaient, mais n'étaient

frappés que d'images agréables. Ils erraient
des rideaux de soie à franges d'argent de
mon lit à la figure toujours si belle et si
sereine de mon Jacques, et de la tasse de
porcelaine du Japon, où il prenait un café
embaumé, à la grande taille élégante de
Rosette, dont l'ombre se dessinait sur une
boiserie d'un travail merveilleux. La clarté
rose de la lampe, le bruit du vent au dehors,
la douce chaleur de l'appartement, la mol-
lesse de mon lit, tout cela ressemblait à un
conte de fées, à un rêve d'enfant. Je m'as-
soupissais et me réveillais de temps en temps
pour me sentir bercée par le bonheur; Jacques me disait, avec sa voix douce et affectueuse : Dors, mon enfant, dors bien. Je
m'endormis en effet et ne me réveillai que
le lendemain à huit heures. Jacques était déjà
levé depuis long-temps; assis auprès de mon
lit, comme la veille, il me regardait dormir,
et vraiment je ne sus pas d'abord s'il s'était

passé une nuit ou un quart d'heure depuis
le dernier baiser qu'il m'avait donné. —
Ah! mon Dieu! quel bon lit! m'écriai-je:
je veux me lever bien vite et voir ce beau
château où l'on dort si bien; quel temps fait-
il, Jacques? Tes fleurs sentent-elles aussi bon
ce matin qu'hier soir?—Il m'enveloppa dans
mon couvre-pied de satin blanc et rose, et
me porta auprès de la fenêtre. Je jetai un
cri de joie et d'admiration à la vue du sublime
aspect déployé sous mes yeux. — Aimes-tu
ce pays? me dit Jacques. Si tu le trouves trop sauvage, j'y ferai bâtir des mai-
sons; mais, quant à moi, j'aime tant les
lieux déserts, que j'ai acheté cinq ou six petites propriétés éparses çà et là, afin d'en-
lever de ce point de vue les habitations qui,
pour moi, le déparaient. Si tu n'es pas du
même goût, rien ne sera plus facile que de
semer cette vallée de maisonnettes et de jardins; je ne manquerai pas pour la peupler de

familles pauvres, qui y feront prospérer leurs
affaires et les nôtres. — Non, non, lui dis-je,
tu es assez riche pour secourir toutes les familles que tu voudras sans contrarier tes
goûts et les miens. Cet aspect sauvage et romantique me plaît à la folie, ces grands bois
sombres semblent n'avoir jamais plié leur libre végétation à la culture, ces prairies immenses doivent ressembler à des savanes ;
cette petite rivière avec son cours désordon-
né vaut mieux qu'un beau fleuve. Ah ! ne
changeons rien aux lieux que tu aimes. Comment aurais-je d'autres goûts que les tiens ?
Crois-tu donc que j'aie des yeux à moi ! —
Il me pressa sur son cœur en s'écriant : Oh !
premier temps de l'amour ! oh ! délices du
ciel ! puissiez-vous ne finir jamais !

Il m'a fallu plus de huit jours pour voir
toutes les beautés de cette maison et des
alentours. Cette terre a appartenu à la mère
de Jacques ; c'est là qu'il a passé ses premières

années, et c'est son séjour de prédilection.
Il a un pieux respect pour les souvenirs que
ce lieu lui retrace, et il me remercie tendre-
ment de partager ce respect et de ne désirer
aucun changement ni dans les choses ni dans
les gens dont il est entouré. Bon Jacques !
quel monstre stupide il faudrait être pour
lui demander de pareils sacrifices !

Dès le lendemain de notre arrivée, il m'a
présenté les vieux serviteurs de sa mère et
ceux plus jeunes qui lui sont attachés depuis
plusieurs années ; il m'a dit les infirmités des
uns et les défauts des autres, en me priant
d'avoir quelque patience avec eux et d'être
aussi indulgente qu'il me serait possible de
l'être, sans m'imposer de réelles contrariétés.
— Sois sûre, m'a-t-il dit, que je ne mettrai
jamais en balance le bien-être de ta vie domestique et le plaisir de conserver autour
de moi ces visages auxquels le temps et l'habitude m'ont attaché. Il me sera toujours

facile de les éloigner de ta vue s'ils t'impor-
tunent, sans les abandonner à la misère et
sans qu'ils aient le droit de te maudire ; mais
si ton repos peut ne pas souffrir de leur
présence, si je puis accorder ta satisfaction
et la leur, je serai plus heureux. Désires-
tu mon bonheur, Fernande? a-t-il ajouté avec un doux sourire. Je me suis jetée
dans ses bras, je lui ai juré d'aimer tout ce
qu'il aime, de protéger tout ce qu'il protége;
je l'ai supplié de me dire tout ce que j'avais
à faire pour ne lui causer jamais l'ombre d'un
chagrin.

Si tu veux savoir comment se passent nos
journées, je te dirai que je le sais à peine,
quant à ce qui me concerne, mais que
Jacques a continuellement quelque chose
d'utile à faire. La conduite de ses biens l'occupe sans l'absorber. Il a su s'entourer d'honnêtes gens, et il les surveille sans les tourmenter. Il a pour système une stricte équité,

l'incurie d'une générosité romanesque ne
l'éblouit pas; il dit que celui qui se laisse
dépouiller ne peut plus avoir ni mérite
ni plaisir à donner, et que celui qui a
trouvé l'occasion de voler, et qui en a profité, est plus à plaindre que s'il s'était ruiné.
Jacques est grand et libéral, son cœur est
plein de justice, et il regarde comme un devoir de soulager la misère d'autrui; mais sa
fierté se refuse à être dupe des impostures
dont les pauvres se servent comme de gagne-
pain, et il est dur et implacable avec ceux qui
veulent spéculer sur sa sensibilité. Je suis
bien loin d'avoir le même discernement que
lui, et souvent je me laisse tromper. Jacques ne s'occupe pas de cela, ou, s'il
s'en aperçoit, il entre apparemment dans
ses idées de ne pas me réprimander et
même de ne pas m'avertir. Quelquefois j'en
suis un peu mortifiée, et j'ai presque des
remords d'avoir mal employé l'or précieux

qui peut soulager tant de réelles infortunes.

Je m'occupe de ces choses-là aux heures où Jacques est occupé ailleurs. Quand nous nous retrouvons, nous faisons de la musique, ou nous sortons ensemble; Jacques fume ou dessine chaque fois que nous nous asseyons; pour moi, je le regarde, et je puis dire que cette espèce d'extase est la principale occupation de ma journée. Je m'abandonne avec délices à cette heureuse indolence et je crains presque les plaisirs qui peuvent m'en arracher. Il est si doux d'aimer et de se sentir aimée! la durée des jours est trop bornée pour épuiser ce qu'il y a dans le cœur d'enthousiasme et de joie. Que m'importe de cultiver le peu de talens que j'ai, ou d'en acquérir de nouveaux? Jacques en a pour nous deux, et j'en jouis comme s'ils m'appartenaient. Quand un beau site me frappe, il m'est bien plus cher de le trouver dans mon album, retracé par la main de Jacques, que par la mienne. Je ne désire pas non plus former et orner mon esprit ; Jacques se plaît à ma simplicité ; et lui , qui sait tout, m'en apprendra certainement plus en causant avec moi , que tous les livres du monde ; enfin je suis contente de l'arrangement de ma vie ; tant de bonheurs m'environnent, qu'il m'est impossible de souhaiter quelque chose de mieux ordonné dans ma vie. Jacques est un ange, et ne t'avise plus de dire , Clémence, que je me trompe ou qu'il changera ; car à présent je le connais et je le défendrai.

Adieu, ma bonne amie ; tu dois être heureuse de mon bonheur , tu as eu tant d'inquiétude pour moi ! à présent sois tranquille et félicite-moi. Donne-moi souvent de tes nouvelles et sois sûre que je ne te négligerai plus. Il faut pardonner quelque chose à l'enivrement des premiers jours.

P. S. J'ai reçu une lettre de ma mère ; elle est encore au Tilly et ne retournera à Paris

qu'à l'entrée de l'hiver. Elle me demande
si je suis contente de Jacques , et s'effraie aussi de la solitude où il m'a emmenée.
Je ne lui ai pas répondu, comme à toi, que
l'amour remplissait cette solitude et me la
faisait chérir ; elle aurait trouvé cela fort in-
convenant. Je lui ai parlé des avantages
qu'elle estime , des beaux chevaux que Jacques me donne et des grandes chasses qu'il
organise pour moi , des vastes jardins où je
me promène , des fleurs rares et précieuses
dont regorge la serre chaude , et des présens
dont mon mari me comble tous les jours.
Avec tout cela, elle ne pourra plus supposer
que je ne sois pas heureuse.

XXI.

De Jacques à Sylvia.

Je m'abandonne comme enfant aux délices de ces premiers transports de la possession, et ne veux pas prévoir le temps où j'en sentirai les inconvéniens et les souffrances ; quand il viendra, n'aurai-je pas la force de l'accepter ? est-il nécessaire de passer les heures de repos

que le ciel nous envoie à se préparer pour
la fatigue à venir? Quiconque a aimé une
fois sait tout ce qu'il y a dans la vie de douleur et de joie, n'est-ce pas Sylvia?

Ce que tu me demandes est bien antipathique à mon caractère et à l'habitude de
toute ma vie. Raconter une à une toutes les
émotions de ma vie présente, jeter tous les
jours un regard d'examen sur l'état de mon
cœur, me plaindre du mal que j'endure et
me vanter du bien qui m'arrive, me surveiller, me chérir, me révéler ainsi, c'est ce que
je n'ai jamais songé à faire : jusqu'ici mes
amours ont été cachées, mes joies silencieuses;
je ne t'ai raconté mes plaisirs que quand je
les avais perdus, et mes chagrins que lorsque j'en étais guéri. Encore j'ai cru faire en
cela un grand acte de confiance et d'épan-
chement ; car, avec toute autre créature humaine, je m'en sentais absolument incapable,
et nul n'a obtenu de ma bouche l'aveu des

événemens les plus évidens de ma vie morale.
Cette vie était si agitée, si terrible, que j'aurais craint de perdre mes rares bonheurs en
les racontant, ou d'attirer sur moi l'œil du
destin, auquel j'espérais dérober furtivement
quelques beaux jours.

Cependant je ne sens plus la même répugnance, aujourd'hui, à briser le sceau de ce
nouveau livre, où mon dernier amour doit
être inscrit. Il me semble même, comme à
toi, que cette connaissance exacte et détail-
lée de tout ce qui se passera en moi, me sera
salutaire et me préservera de ces inexplicables dégoûts dont l'amour est rempli. Peut-
être qu'étudiant le mal dans sa cause, j'en pré-
viendrai le développement; peut-être qu'en
observant avec attention les secrètes altéra-
tions de nos ames, je saurai forcer les petites choses à ne point acquérir une valeur
exagérée, comme il arrive toujours dans
l'intimité. J'essaierai de conjurer la desti-

née; si cela est impossible , j'accepterai du moins mes défaites avec le stoïcisme d'un homme qui a passé sa vie à chercher la vérité et à cultiver l'amour de la justice au fond de son cœur.

Mais avant de commencer ce journal, il convient que je te dise d'où je pars , quel est l'état de mon ame et comment j'ai arrangé ma vie présente. Tu sais que j'ai entraîné Fernande au fond du Dauphiné pour l'éloigner bien vite de sa mère, femme méchante et dangereuse qui me hait particulièrement , qui m'a lâchement adulé, tant qu'elle a désiré me voir assurer la fortune de sa fille, et qui a commencé à me braver aussitôt qu'elle n'a plus rien redouté à cet égard. Pauvre femme ! si elle savait comme d'un mot je pourrais la faire pâlir ! Mais je ne descendrai jamais jusqu'à combattre avec les méchans. Je savais qu'elle ne manquerait pas d'une certaine habileté pour gâter le jugement de sa fille sur mon compte, et pour empoisonner notre bonheur de mille petites tracasseries d'une terrible importance. J'ai donc enlevé ma compagne le jour même de mon mariage ; par-là je me suis soustrait à tout ce que la publicité imbécile d'une noce a d'insolent et d'odieux. Je suis venu ici jouir mystérieusement de mon bonheur loin du regard curieux des importuns ; j'ai trouvé inutile, du moins, de mettre la pudeur de ma femme aux prises avec l'effronterie des autres femmes, et le sourire insultant des hommes. Nous n'avons eu que Dieu pour témoin et pour juge de ce que l'amour a de plus saint, de ce que la société a su rendre hideux ou ridicule.

Depuis un mois rien n'a encore altéré notre bonheur ; il n'est pas tombé le plus petit grain de sable dans le sein de ce lac uni et limpide ; penché sur son onde transparente, je contemple avec extase le ciel qui s'y réfléchît; attentif à la plus légère perturbation qui pourrait le menacer, je suis sur mes gardes pour que le grain de sable n'entraîne pas une avalanche. Et pourtant je ne saurais beaucoup me tourmenter : que peut la prudence humaine contre la main toute puissante du destin? Tout ce que je puis tenter et espérer, c'est de ne pas perdre par ma faute le trésor que Dieu me confie ; s'il doit m'être retiré, cette certitude du moins me consolera, que je n'ai pas mérité de le perdre.

Et puis, à présent, toutes les prévisions, toutes les craintes de ce monde me font un peu sourire. Que peut-il arriver de pis à un honnête homme? d'être forcé de mourir? Qu'est-ce que cela, je te le demande? Je ne vois pas que la certitude de mourir un jour empêche personne de jouir de la vie. Pourquoi la crainte du malheur futur nuirait-elle à mon bonheur présent?

Ce n'est pas que l'occasion de me faire souffrir ne se soit déjà présentée à moi, et certainement j'en aurais profité dans ma jeunesse, alors qu'avide d'une félicité impossible j'avais l'ambitieuse folie de demander des cieux sans nuages et des amours sans déplaisirs; ce besoin inconcevable qui entraîne l'homme à exercer sa sensibilité quand elle est toute neuve et surabondante, n'existe plus chez moi. J'ai appris à me contenter de ce que je dédaignais, à me soumettre aux contrariétés contre lesquelles je me serais révolté autrefois. Il m'est impossible de ne pas sentir la piqûre des chagrins journaliers; mon cœur n'est pas encore pétrifié, et je crois au contraire qu'il n'a jamais été plus véritablement ému; heureusement la raison m'a appris à étouffer la légère convulsion que produit la blessure, à ne pas mettre au jour par un mot, par une plainte, par un geste, cet embryon de souffrance qui éclot et meurt si aisément, mais qui se développe si vite et qui grossit d'une manière si effrayante quand on le laisse essayer ses forces et briser sa prison. Puisse mon ame servir de cercueil à tous ces songes pénibles qui la tourmentent encore! Puissé-je ne pas me trahir par un signe extérieur de souffrance! Entre amans la douleur est sympathique, et le premier qui l'éprouve et ne sait pas la recéler la communique à l'autre, même sans la lui expliquer.

Adieu pour aujourd'hui, ma sœur chérie; à présent nous sommes presque voisins. J'irai te voir certainement; et, quoi que tu en dises, je n'abandonne pas le projet de te faire connaître Fernande et de t'attirer auprès de nous.

XXII.

De Fernande à Clémence.

Je ne sais pas ce que Jacques a depuis deux jours, il me semble qu'il est triste, et cela me rend si triste moi-même, que je viens causer avec toi pour me distraire et me consoler. Qu'est-ce que peut avoir Jacques ? quels chagrins peuvent l'atteindre auprès de moi ? Il

me serait impossible , pour ma part , de me
réjouir ou de m'attrister d'une chose qui
n'aurait pas rapport à lui ; il est vrai que
hors de lui , ma vie se réduit à si peu de chose !
Je n'existe réellement que depuis trois mois ,
et Jacques a dû horriblement souffrir avant
d'arriver à l'âge qu'il a. Peut-être aussi a-t-il
été plus heureux qu'il ne l'est avec moi ; peut-
être quelquefois , dans mes bras, regrette-t-il
le temps passé. Oh! cette idée est affreuse ,
je veux l'éloigner bien vite !

Mais qui peut l'attrister ainsi ? et pourquoi
ne me le dit-il pas? je n'ai pas de secrets ,
moi ! et lui, il en a certainement. Il a dû se
passer tant de choses extraordinaires dans
sa vie ! Sais-tu, Clémence, que cette idée
me fait souvent frissonner? une femme ne
connaît pas son mari en l'épousant, et c'est
une folie de penser qu'elle le connaîtra en
vivant avec lui; il y a derrière eux un grand
abîme où elle ne peut descendre : le passé

qui ne s'efface jamais et qui peut empoisonner tout l'avenir! Quand je songe qu'il
y a trois mois je ne savais pas encore ce que
c'était qu'aimer, et que, depuis vingt ans
peut-être, Jacques n'a pas fait autre chose!
Tout ce qu'il me dit de tendre et d'affectueux
il l'a peut-être dit à d'autres femmes; ces
caresses passionnées...... Ah! quelles hor-
ribles images me passent devant les yeux! je
me sens un peu folle aujourd'hui, en vérité...
Je viens de me mettre à la fenêtre pour me
distraire de ces agitations, j'ai vu Jacques
traverser une allée et s'enfoncer dans le parc;
il avait les bras croisés sur la poitrine, et la
tête penchée en avant, comme s'il eût été
absorbé par une méditation profonde. Mon
Dieu! je ne l'ai jamais vu ainsi. Il est bien
vrai que son humeur est grave, que la douceur de son caractère tourne un peu à la mélancolie, que son maintien est plutôt rêveur
que sémillant; mais il a aujourd'hui sur le

visage quelque chose d'inaccoutumé, je ne
saurais dire quoi : peut-être un peu plus de
pâleur. Il aura eu quelque mauvais rêve, et
comme il me sait superstitieuse, il n'aura pas
voulu m'en parler; si ce n'est que cela, il
aurait mieux fait de me le raconter, que de
m'exposer aux inquiétudes que j'éprouve.
Peut-être est-il malade? Oh! je parie que oui!
On m'a dit qu'il n'aimait pas à être observé
dans ces momens-là; cependant je l'ai déjà
vu malade une fois, je m'en suis aperçue à
cette petite chanson dont je t'ai parlé; je l'ai
interrogé et il m'a répondu qu'il était un
peu souffrant, et qu'il me priait de ne pas
m'en occuper. S'il a souffert peu ou beaucoup ce jour-là, c'est ce que je ne puis savoir;
je craignais tant de le contrarier que je n'ai
pas osé le regarder. Le fait est qu'il n'y a
guère paru à son humeur, et que maintenant le malaise soit physique, soit moral,
qu'il éprouve, est tout-à-fait visible. Hier

soir il m'a semblé qu'il m'embrassait un peu
froidement; j'ai mal dormi, et, m'étant éveillée au milieu de la nuit, j'ai vu de la lumière
dans sa chambre. J'ai tremblé qu'il ne fût
indisposé ; mais craignant encore plus de lui
être importune. Je me suis levée sans bruit
et j'ai été sur la pointe du pied regarder par
la fente de sa porte : il lisait en fumant. Je
suis venue me recoucher, un peu rassurée,
mais triste de voir qu'il ne dormait pas. Je
suis si nonchalante et si enfant, que, malgré
ma tristesse, je me suis rendormie tout de
suite. Pauvre Jacques, il a des insomnies,
il souffre peut-être beaucoup, il s'ennuie
sans doute durant ces longues nuits si
tristes ! Pourquoi ne m'appelle-t-il pas? Je
surmonterais certainement mon sommeil
avec joie, je causerais avec lui, ou je lui ferais
la lecture pour le distraire. Je devrais peut-
être le prier de me laisser veiller avec lui ;
je n'ose pas. C'est extraordinaire, j'ai dé-

couvert ce matin que je crains Jacques presque autant que je l'aime : je n'ai jamais eu le
courage de lui demander ce qu'il avait. Ce
que les Borel m'ont dit de ses singulières
fiertés n'est pas sorti de mon esprit, malgré
tout ce qui aurait dû me le faire oublier ou
me persuader, du moins, que Jacques ne les
aurait pas avec moi. Je devrais peut-être
vaincre cette timidité, et le conjurer de me
confier sa souffrance ; car je ne suis pas
de ceux qu'elle peut ennuyer, et je ne vois
pas qu'il ait besoin de se fatiguer à faire du
stoïcisme avec moi. Mon silence lui fait peut-
être croire que je ne m'aperçois de rien. Ah !
alors, quelle idée doit-il avoir de ma grossière insouciance ? je ne puis la lui laisser. Il
faut que j'aille le trouver tout de suite ,
n'est-ce pas , Clémence ? Oh ! mon Dieu, que
n'es-tu ici ! toi qui as tant de prudence, et
un jugement si délié, tu me conseillerais ; à
défaut de la voix de la raison et de l'amitié ,

j'écoute celle de mon cœur et je m'y abandonne. Je vais rejoindre Jacques dans le parc
et le conjurer à genoux, s'il le faut, de m'ouvrir son cœur. Je reviendrai te dire ce qu'il
a et fermer ma lettre.

—Eh bien ! mon amie, j'étais folle et j'avais
fait moi-même un mauvais rêve ; pardonne-
moi de t'avoir importunée de cette terreur
puérile. J'ai été trouver Jacques, il était
couché sur l'herbe et il sommeillait. Je me
suis approchée de lui si doucement qu'il ne
s'en est pas aperçu, et je suis restée quelques
instants, penchée sur lui, à le contempler. J'a-
vais sans doute une expression d'anxiété sur
la figure, car à peine éveillé, il a tressailli et
s'est écrié en jetant ses bras autour de moi :
Qu'as-tu donc ? Alors je lui ai avoué naïvement toutes mes inquiétudes et tout mon
chagrin. Il m'a embrassée en riant et m'a
assurée que je m'étais absolument trompée.—
Il est bien vrai, m'a-t-il dit, que je n'ai pas
dormi beaucoup cette nuit ; j'étais un peu

souffrant et je me suis mis à lire. — Et pourquoi ne m'as-tu pas éveillée ! lui ai-je dit.
— Est-ce qu'on s'éveille à ton âge ? a-t-il répondu. — Savez vous, Jacques, que vous
me traitez bien en petite fille ? — Oh !
grâce à Dieu, je te traite comme tu le
mérites, s'est-il écrié en me pressant contre
son cœur ; et c'est parce que tu es un enfant que je t'adore. — Là-dessus, il m'a dit
tant de choses délicieusement bonnes que je
me suis mise à pleurer de joie. Tu vois si j'a-
vais sujet de me tourmenter ! mais je ne re-
grette pas d'avoir un peu souffert ; je n'en
sens que plus vivement le bonheur que j'avais
laissé s'altérer et que je ressaisis dans toute
sa fraîcheur. Oh ! Jacques avait bien raison,
il n'est rien de plus précieux et de plus sublime que les larmes de l'amour.

Adieu, ma Clémence, réjouis-toi encore
avec moi ; je suis plus heureuse aujourd'hui
que je ne l'ai jamais été.

XXIII.

De Jacques à Sylvia.

Depuis quelques jours nous sommes tristes
sans savoir pourquoi ; tantôt c'est elle, tantôt c'est moi, tantôt tous deux ensemble ; je
ne me fatigue pas à en chercher la raison : ce
serait pire. Nous nous aimons et nous n'a-
vons pas le plus léger tort l'un envers l'autre.

Nous ne nous sommes blessés par aucune ac-
tion, par aucune parole; avoir l'humeur
mélancolique un jour plus qu'un autre, est
une chose si simple! un ciel pluvieux, un
degré de froid de plus dans l'atmosphère
suffisent pour rembrunir les idées. Mon vieux
corps criblé de blessures est plus disposé
qu'un autre à la souffrance; la jeune tête active et inquiète de Fernande est prompte à
se tourmenter de la moindre altération dans
mes manières. Quelquefois cette vive sollicitude me chagrine un peu; elle me poursuit,
elle m'oppresse, elle me tient en arrêt et me
force à m'observer et à me contraindre. Comment pourrais-je m'en offenser? Cette espèce
de fatigue qu'elle m'impose est douce en
comparaison de l'horrible isolement où je
vivais, quand j'ai connu Fernande, et où j'ai
souvent consumé les belles années de ma vie
dans un stoïcisme insensé. Si elle devait souffrir réellement de mes souffrances, je regret-

terais le temps où elles ne retombaient que
sur moi ; mais j'espère que je saurai l'accoutumer à me voir un peu triste et préoccupé
sans se tourmenter.

Fernande a toute l'adorable puérilité de
son âge. Qu'elle est belle et touchante quand
elle vient avec ses cheveux blonds en désordre, et ses grands yeux noirs tout pleins de
grosses larmes, se jeter dans mes bras et me
dire qu'elle est bien malheureuse, parce que
je lui ai donné un baiser de moins que la
veille ! Elle ne sait pas ce que c'est que la
douleur, elle s'en effraie à l'excès ; et vraiment elle m'effraie quelquefois moi-même.
Je crains qu'elle n'ait pas la force de supporter la vie. Je suis un peu incertain de ce que
je dois lui dire pour l'habituer au courage.
Il me semble que c'est un crime ou du moins
un acte de raison cruelle, que de répandre
les premières gouttes de fiel dans ce cœur si
plein d'illusions ; et pourtant il viendra un

moment où il faudra lui révéler ce que c'est
que la destinée de l'homme. Comment résis-
tera-t-elle au premier éclair ? Puissé-je lui
cacher long-temps cette funeste lumière !

Je viens de recevoir une nouvelle qui me
fait beaucoup de mal ; cet ami dont je t'ai
parlé, est de nouveau en fuite. Les sacrifices
que j'ai faits pour lui, loin de le sauver, l'ont
replongé dans le désordre. A présent son
déshonneur ne peut plus être masqué, son
nom est souillé, sa vie perdue ; là comme
partout où j'ai passé, j'ai travaillé en vain.
Voilà donc à quoi sert l'amitié, et ce que peut
le dévouement ! Non, les hommes ne peuvent
rien les uns pour les autres : un seul guide,
un seul appui leur est accordé, et il est en eux-
mêmes. Les uns l'appellent conscience, les
autres vertu : je l'appelle orgueil. Cet infortuné en a manqué ; il ne lui reste que le sui-
cide. La calomnie n'atteint et ne déshonore
personne ; le temps ou le hasard en fait jus-

tice ; mais une bassesse ne s'efface pas : avoir
donné sur soi à un autre homme le droit
du mépris, c'est un arrêt de mort en cette
vie ; il faut avoir le courage de passer dans
une autre en se recommandant à Dieu.

Mais il n'aura pas même cet orgueil-là ;
je le connais, c'est un esprit corrompu et
avili par l'amour du plaisir. Sa vanité
seule le fera souffrir ; mais la vanité ne donne
de courage à personne ; c'est un fard que le
moindre souffle fait tomber, et qui ne résiste pas à l'air de la solitude.

Cette destinée, qu'un instant je m'étais flatté d'avoir réhabilitée par mes reproches et
par mes services, est donc tombée plus bas
qu'auparavant. ! Encore un homme dont la
vie est manquée! et que personne, excepté
moi peut-être, ne plaindra. Quand je me
rappelle les temps heureux que j'ai passés avec
lui, lorsqu'il était jeune, et que ni lui ni personne ne pensait que ce beau visage riant et

ce caractère vif et joyeux pussent servir d'en-
veloppe à l'ame d'un lâche ! Il avait une mère
qui le chérissait, des amis qui se fiaient à
lui, et à présent !... Si je n'étais pas marié, je
courrais après lui, j'essaierais encore de le
relever ; mais cela ne servirait à rien, et Fernande souffrirait trop de mon absence. Pauvre homme ! je suis triste à la mort ; je veux
pourtant cacher cette tristesse qui se com-
muniquerait bien vite à ma pauvre enfant.
Non, je ne veux pas voir ce beau front se
rembrunir encore ; je ne veux pas couvrir de
larmes ces joues si fraîches et si veloutées.
Qu'elle aime, qu'elle rie, qu'elle dorme,
qu'elle soit toujours tranquille, toujours heureuse ! Moi je suis fait pour souffrir, c'est
mon métier, et j'ai l'écorce dure.

XXIV.

De Fernande à Clémence.

Je suis encore triste, mon amie, et je commence à croire que tout n'est pas joie dans l'amour : il y a aussi bien des larmes, et je ne les répands pas toutes dans le sein de Jacques, car je vois que j'augmente sa tristesse en lui montrant la mienne. Depuis un mois, nous

avons eu plusieurs accès de mélancolie sympathique sans cause réelle, mais qui n'en ont
pas moins des effets douloureux. Il est vrai
que quand ils sont passés, nous sommes plus
heureux qu'auparavant, et nous nous ché-
rissons avec plus d'enthousiame; mais je me
dis toujours que c'est la dernière fois que je
tourmente Jacques de mes enfantillages, et
je ne sais comment il arrive que je recom-
mence toujours. Je ne peux pas le voir triste
sans le devenir aussitôt : il me semble que
c'est une preuve d'amour, et qu'il ne doit pas
s'en fâcher; aussi ne s'en fâche-t-il pas. Il me
traite toujours avec tant de douceur et de bonté; comment ferait-il pour me dire une parole
dure, ou même froide? Mais il prend du chagrin, et me fait de doux reproches : alors je
pleure de remords, d'attendrissement et de
reconnaissance, et je me couche fatiguée,
brisée, me promettant bien de ne plus recommencer; car, au bout du compte, cela

fait du mal, et ce sont autant de jours que je retranche de mon bonheur. J'ai certainement des idées folles; mais je ne sais pas s'il est possible d'aimer sans les avoir. Par exemple, je me tourmente continuellement de la crainte de n'être pas assez aimée, et je n'ose pas dire à Jacques que c'est là la cause de toutes mes agitations. Je crois bien qu'il a des jours de souffrance physique; mais il est certain que son esprit n'est pas toujours paisible : certaines lectures l'agitent; certaines circonstances, indifférentes en apparence, semblent lui retracer des souvenirs pénibles. Je m'en inquiéterais moins s'il me les confiait; mais il est silencieux comme la tombe et me traite comme une personne tout-à-fait à part de lui. L'autre jour je me mis à chanter une vieille romance qui me tomba, je ne sais comment, sous la main; Jacques était étendu sur le grand sopha du salon, et il fumait dans une grande pipe turque à laquelle

il tient beaucoup : dès que j'eus chanté les
premières mesures, il frappa le parquet avec
cette pipe , comme saisi d'une émotion
convulsive, et la brisa. — Ah! mon Dieu,
qu'as-tu fait? m'écriai-je; tu as cassé ta
chère pipe d'Alexandrie. — C'est possible,
dit-il, je ne m'en suis pas aperçu. Remets-
toi à chanter. — Mais je n'ose pas trop, repris-je : il faut que j'aie fait quelque fausse
note épouvantable tout-à-l'heure; car tu as
bondi comme un désespéré. — Non pas que
je sache, répondit-il : continue, je t'en prie.
—Je ne sais comment il se fait que je suis toujours à l'affût des impressions que Jacques
cherche à me dissimuler : il y a un secret in-
stinct qui m'abuse ou qui m'éclaire, je ne sais
lequel des deux, mais qui me force à repor-
ter tout ce qu'il fait et tout ce qu'il dit vers
une cause funeste à mon bonheur; je m'ima-
ginai qu'il avait entendu chanter cette romance par quelque maîtresse dont le souve-

nir lui était encore cher, et je ressentis tout
à coup une jalousie absurde; je la jetai de
côté, et me mis à en chanter une autre. Jacques l'écouta sans l'interrompre, puis il me
redemanda la première, en disant qu'il la
connaissait, et qu'elle lui plaisait beaucoup.
Ces paroles, qui semblèrent confirmer mes
doutes, m'enfoncèrent un poignard dans le
cœur; je trouvai Jacques insensé et barbare
de chercher à ressaisir dans notre amour le
souvenir des autres amours de sa vie, et je
chantai la romance, tandis que de grosses
larmes me tombaient sur les doigts. Jacques
me tournait le dos, et s'imaginait, parce que
son corps avait une attitude immobile, que
je ne m'apercevais pas de son émotion; mais
je faisais, malgré ma douleur, une sévère attention à lui, et je surpris deux ou trois
soupirs qui semblaient partir d'une ame
oppressée et briser tout son corps. Quand
j'eus fini, il y eut entre nous un long silence :

je pleurais, et je laissai échapper malgré moi
un sanglot. Jacques était tellement absorbé,
qu'il ne s'en aperçut pas, et sortit en fredon-
nant, d'un ton mélancolique, le refrain de
la romance.

J'allai dans le bois pour me désoler en
liberté; mais, au détour d'une allée, je me
trouvai face à face avec lui. Il m'interrogea
sur ma tristesse avec sa douceur accoutumée,
mais beaucoup plus froidement que les autres fois. Cet air sévère m'imposa tellement,
que je ne voulus jamais lui avouer pourquoi
j'avais les yeux rouges : je lui dis que c'était
le vent, la migraine; je lui fis mille contes
impossibles à croire, mais dont il feignit de
se contenter, car il insista fort peu, et cher-
cha à me distraire. Il n'eut pas grand'peine;
je suis si folle que je m'amuse de tout. Il
me mena voir des chèvres de Cachemire qui
venaient de lui arriver, avec un berger dont
la bêtise me fit mourir de rire. Mais vois

comme je suis ! dès que je me retrouvai seule, mon chagrin me revint, et je me remis à pleurer en pensant à cette histoire de la matinée. Ce qui me faisait surtout de la peine, c'était d'avoir été importune à Jacques. L'indifférence qu'il avait montrée me prouvait de reste qu'il n'était plus disposé à écouter mes puériles confessions, et à s'affliger avec moi de mes souffrances. Peut-être avait-il cette idée ; peut-être éprouvait-il un peu de remords de m'avoir fait chanter cette romance ; peut-être nous sommes-nous parfaitement compris tous les deux sans nous expliquer : le fait est que le soir il prit un air tout-à-fait insouciant en me demandant si je savais par cœur la romance que j'avais chantée le matin. — Tu aimes bien cette romance ? lui dis-je avec un peu d'amertume. — Beaucoup, répondit-il, surtout dans ta bouche : tu l'as chantée ce matin avec une expression qui m'a ému jusqu'au fond du cœur. — Pous-

sée par je ne sais quel besoin de me faire souffrir pour me dévouer à sa fantaisie, je lui of-
fris de la chanter de nouveau ; et j'allais allumer une bougie pour la lire, lorsqu'il m'ar-
rêta en me disant que ce serait pour une autre
fois, et qu'il aimait mieux se promener
avec moi au clair de la lune. Le lendemain
matin, je cherchai la romance et ne la trouvai plus sur mon piano. Je la cherchai tous
les jours suivans sans succès. Pressée par la
curiosité, je me hasardai à demander à Jacques s'il ne l'avait pas vue. — Je l'ai déchi-
rée par distraction, me répondit-il ; il n'y
faut plus penser. — Il me sembla qu'il disait
cette parole, *il n'y faut plus penser*, d'une
manière particulière, et que cela exprimait
beaucoup de choses. Je me trompe peut-être,
mais jamais je ne croirai qu'il ait déchiré cette
romance par distraction. Il a voulu savoir
d'abord si je pourrais la chanter par cœur ;
et, quand il a été sûr que non, il l'a anéantie.

Elle lui causait donc une émotion bien terrible ; elle lui rappelait donc un amour bien
violent !

Si Jacques devine tout cela ; si en lui-même
il traite d'enfantillages méprisables ce qui se
passe en moi, il a tort. S'il était à ma place,
il souffrirait peut-être plus que moi ; car
il n'a pas de rivaux dans le passé, rien
de ce que je fais, rien de ce que je pense
ne peut l'affliger : il peut sans frayeur regarder dans ma vie, l'embrasser tout entière
d'un coup d'œil, et se dire qu'il est mon seul
amour. Mais sa vie est pour moi un abîme impénétrable ; ce que j'en sais ressemble à ces mé-
téores sinistres qui éblouissent et qui égarent.
La première fois que j'ai recueilli ces lambeaux
de renseignemens incertains, j'ai été épouvantée ; j'ai craint que Jacques ne fût inconstant ou menteur ; j'ai craint que son amour
n'eût pas tout le prix que j'y attachais ; ma
vénération fut comme ébranlée. Aujourd'hui

je sais ce que c'est que Jacques et ce que vaut
son amour : le prix en est si grand, que je sacrifierais toute une vie de repos, où je ne l'aurais
pas connu, aux deux mois que je viens de passer avec lui. Je le sais incapable de m'abuser,
et de promettre son cœur en vain. Je ne songe
presque plus à l'avenir, mais je me tourmente
horriblement du passé ; j'en suis jalouse avec
torture. O Dieu ! que serait le présent, si
je n'étais pas sûre de lui comme de Dieu !
Mais je ne pourrais pas douter de la parole
de Jacques, et je ne serais pas jalouse sans raison. L'espèce de jalousie que j'ai maintenant
n'est pas vile et soupçonneuse ; elle est triste
et résignée : oh ! mais elle me fait bien mal !

XXV.

De Jacques à Sylvia.

Je ne sais auquel des deux le pied a manqué, mais le grain de sable est tombé. J'ai
fait bonne garde, je me suis dévoué de tout
mon pouvoir à prévenir cet accident; mais
la surface du lac est troublée. D'où est venu
le mal? On ne le sait jamais. On s'en aper-

çoit quand il existe. Je le contemple avec
tristesse, et sans découragement. Il n'y a
pas de remède à ce qui est arrivé. Mais on
peut mettre une digue à l'avalanche et l'arrêter en chemin.

Cette digue ce sera ma patience. Il faut
qu'elle s'oppose avec douceur aux excès de sensibilité d'une ame trop jeune. J'ai su mettre ce
rempart entre moi et les caractères les plus
fougueux ; ce ne sera pas une tâche bien difficile que d'apaiser un enfant si simple et si
bon. Elle a une vertu qui nous sauvera l'un et
l'autre, la loyauté. Son ame est jalouse ; mais
son caractère est noble, et le soupçon ne
saurait le flétrir. Elle est ingénieuse à se
tourmenter de ce qu'elle ne sait pas ; mais
elle croit aveuglément à ce que je lui dis.
Me préserve Dieu d'abuser de cette sainte
confiance et de démériter par le plus léger
mensonge ! Quand je ne puis pas lui donner
d'explication satisfaisante, j'aime mieux ne

lui en donner aucune. C'est la faire souffrir
un peu plus long-temps ; mais que faire ?
Un autre descendrait peut-être à ces faciles
artifices qui raccommodent tant bien que
mal les querelles d'amour : cela me paraît
lâche, et je n'y consentirai jamais. L'autre
jour, il s'est passé entre elle et moi une petite tracasserie assez douloureuse et très-
délicate pour tous deux. Elle se mit à chanter une romance que j'ai entendu chanter
pour la première fois à la première femme
que j'ai aimée. C'était un amour bien romanesque, bien idéal, une espèce de rêve
qui ne s'est jamais réalisé, grâce peut-être à
ma timidité et au respect enthousiaste que
je professais pour une femme très-semblable
aux autres, à ce qu'il m'a semblé depuis.
Certes, ni cette femme, ni l'amour que j'eus
pour elle, ne sont de nature à causer raison-
nablement de l'ombrage à Fernande. Ce fut
pourtant la cause d'un nuage qui a passé sur
notre bonheur. J'eus un plaisir très-vif à

entendre ce chant mélodieux et simple qui
me rappelait les illusions et les songes rians de
ma première jeunesse. Il me retraçait toute
une fantasmagorie de souvenirs. Je crus re-
voir le pays où j'avais aimé pour la première
fois, les bois où j'avais rêvé si follement,
les jardins où je me promenais en faisant de
mauvaises poésies que je trouvais si belles;
et mon cœur palpita encore de plaisir et
d'émotion. Certes, ce n'était pas de regret
pour cet amour qui n'a jamais existé que
dans les rêves d'une imagination de seize
ans. Mais il y a dans les lointains souvenirs
une inexplicable magie. On aime ses premières impressions, d'un amour paternel;
on se chérit dans le passé, peut-être parce
qu'on s'ennuie de soi-même dans le présent.
Quoi qu'il en soit, je me sentis un instant
transporté dans un autre monde, pour lequel je ne changerais pas celui où je suis
maintenant, mais où j'avais cru ne retourner
jamais, et où je fis avec joie quelques pas. Il me

sembla que Fernande devinait le plaisir
qu'elle me causait, car elle chanta comme
un ange, et je restai enivré et muet de béatitude après qu'elle eut cessé. Tout à coup
je m'aperçus qu'elle pleurait; et comme
nous avons eu déjà quelque chose de pareil,
je devinai ce qui se passait en elle, et j'en
conçus un peu d'humeur. La première impression est au-dessus des forces de l'homme
le plus ferme. Dans ces momens-là il n'est
donné qu'aux scélérats de savoir feindre.
Tout ce qu'un homme sincère peut faire, c'est
de se taire ou de se cacher. Je sortis donc,
et quelques tours de promenade dissipèrent
cette légère irritation. Mais je compris qu'il
m'était impossible de consoler Fernande par
une explication. Il eût fallu ou lui faire
accroire qu'elle se trompait dans ses soupçons, en lui faisant un mensonge, ou tenter
de lui expliquer la différence qu'il y a entre
aimer un souvenir romanesque et regretter

un amour oublié. Voilà ce qu'elle n'eût jamais voulu comprendre et ce qui est réellement au-dessus de son âge, et peut-être de
son caractère. Cet aveu d'un sentiment bien
innocent lui eût fait plus de mal que mon
silence. J'ai tout réparé en lui prouvant que
j'étais prêt à faire à sa susceptibilité le sacrifice de mon petit plaisir ; j'ai refusé d'entendre de nouveau la romance que, par une petite malice boudeuse de femme, elle m'offrait
de me chanter une seconde fois, et je l'ai brûlée sans ostentation.

Il faudra qu'en toute occasion, quand je
ne pourrai pas mieux faire, j'aie le courage de ne pas montrer d'humeur. Il est
vrai que cela me fait souffrir un peu.
J'ai été victime pendant si long-temps de la
jalousie atroce de certaines femmes, que tout
ce qui me la rappelle, même de très-loin,
me fait frissonner d'aversion. Je m'y habi-
tuerai. Fernande a les défauts ou plutôt les

inconvéniens de son âge, et j'ai aussi ceux du mien. A quoi m'aurait servi l'expérience, si elle ne m'avait endurci à la souffrance? C'est à moi de m'observer et de me vaincre. Je m'étudie sans cesse et je me confesse devant Dieu dans la solitude de mon cœur, pour me préserver de l'orgueil intolérant. En m'examinant ainsi, j'ai trouvé bien des taches en moi, bien des motifs d'excuse pour les fréquentes agitations de Fernande. Par exemple, j'ai la triste habitude de rapporter toutes mes peines présentes à mes peines passées. C'est un triste cortége d'ombres en deuil qui se tiennent par la main. La dernière qui s'agite éveille toutes les autres qui s'endormaient. Quand ma pauvre Fernande m'afflige, ce n'est pas elle qui me fait tout le mal que je ressens. Ce sont les autres amours de ma vie qui se remettent à saigner comme de vieilles plaies. — Ah! c'est qu'on ne guérit pas du passé!

Devrait-elle se plaindre de moi pourtant?

Quel homme sait mieux jouir du présent?
Quel homme respecte plus saintement les
biens que Dieu lui accorde? Combien je
prise ce diamant que je possède, et autour
duquel je souffle sans cesse pour en écarter
le moindre grain de poussière! Oh! qui le gar-
derait plus soigneusement que moi? Mais les
enfans savent-ils quelque chose? Moi du moins
je puis comparer le passé au présent, et si quelquefois je souffre doublement pour avoir déjà
beaucoup souffert, plus souvent encore j'apprends par cette comparaison à savourer le
bonheur présent. Fernande croit que tous les
hommes savent aimer comme moi. Moi, je sens
que les autres femmes ne savent pas aimer
comme elle. C'est moi qui suis le plus juste
et le plus reconnaissant. Mais encore une fois
il en doit être ainsi. Hélas! le temps du bonheur serait-il déjà passé? Celui du courage
serait-il venu? Oh! non, non! pas encore. Ce
serait trop vite. Que l'un préserve l'autre,
et que le bonheur récompense le courage!

XXVI.

De Clémence à Fernande.

Je suis plus affligée que surprise de ce qui t'arrive : tes chagrins me paraissent la conséquence inévitable d'une union mal assortie. D'abord ton mari est trop âgé pour toi ; ensuite tu as pris ta position tout de travers. Il eût été possible à une femme dont le carac-

tère serait calme et un peu froid de s'habituer aux inconvéniens que je t'avais signalés,
et qui ne se sont que trop réalisés ; mais, pour
une petite tête exaltée comme la tienne, un
homme aussi expérimenté que M. Jacques est
le pire mari que tu pouvais rencontrer. Ce
n'est pas que je rejette sur lui la faute de tout
ce qui s'est passé entre vous : il me semble
que c'est lui qui a constamment raison ; et voilà pourquoi je te plains. Ce qu'il y a de plus
triste au monde, c'est d'être condamné, par
sa position et par la force des choses, à avoir
constamment tort. Cet amour enthousiaste
que tu t'es évertuée à ressentir pour lui est
un sentiment hors nature et destiné à s'éteindre tout à coup comme un feu de paille :
mais avant d'en venir là, il te fera cruellement
souffrir ; et quelque patient que soit ton mari,
il se rendra insupportable à tes yeux. Il me
semble, à moi, que la passion est tout-à-fait
contraire à la dignité et à la sainteté du ma-

riage. Tu t'es imaginé que tu inspirais cette
passion à ton mari : j'en doute fort ; je crois
que tu auras pris pour l'enthousiasme les caresses véhémentes qu'un mari prodigue dès
les premiers jours à sa femme, quand elle est,
comme toi, toute jeune et remarquablement
jolie ; mais sois sûre que toutes les extases de
ton cerveau, toutes les illusions de ton ame
ne sont plus du goût d'un homme de trente-
cinq ans, et que, du jour où, au lieu de con-
tribuer à ses plaisirs, elles lui causeront du
trouble et de l'ennui, il te dessillera les yeux,
peut-être un peu brusquement. Tu seras au
désespoir alors, pauvre Fernande, et il n'aura fait qu'une chose très-simple et très-légi-
time. Car de quel droit viens-tu, avec tes folies et tes caprices, empoisonner la vie d'un
homme qui était libre et tranquille, et qui
t'a recherchée en mariage pour te faire par-
ticiper à son bien-être, et non pour t'ériger en
czarine jalouse et impérieuse ? Je vois déjà que

tu as le talent de le rendre assez malheureux :
cette manière de l'épier, de scruter toutes ses
pensées, d'interpréter toutes ses paroles, doit
faire de ton amour un fléau; et pourtant, Fernande, personne n'était plus douce et plus
facile à vivre que toi ; nul caractère n'est plus
éloigné du soupçon et de la tyrannie ; nul
cœur peut-être n'est plus généreux et plus
juste ; mais tu aimes, et voilà l'effet de l'a-
mour sur les femmes, quand elles ne savent
pas se vaincre. Prends garde à toi, ma chère ;
je te parle bien durement, bien cruellement,
mais tu cherches l'appui de ma raison, et je
te l'offre d'une main ferme. Je t'ai déjà dit
que le jour où la vérité te serait trop rude à
supporter, tu n'avais qu'à cesser de m'écrire,
et que je comprendrais ton silence. Je ne cher-
cherai jamais à te guérir malgré toi ; je ne suis
pas une marchande de conseils. — Adieu, ma
petite amie : tâche de guérir de l'exagération,
ou tu es perdue.

XXVII.

De Sylvia à Jacques.

Tu as raison, Jacques, de ne pas t'effrayer beaucoup de ces légers nuages. Je ne sais pas si tu dois aimer éternellement Fernande ; je ne sais pas si l'amour est, de sa nature, un sentiment éternel ; mais ce qu'il y a de certain, c'est qu'avec des caractères aussi nobles

que les vôtres, il doit avoir un cours aussi
long que possible, et ne pas se flétrir dès les
premiers mois. Je vois que des caractères
plus mal assortis, et moins dignes l'un de
l'autre, se tiennent embrassés durant des
années, et ont une peine extrême à se détacher : toi-même tu l'as éprouvé ; tu as aimé
des femmes beaucoup moins parfaites que
Fernande, et tu les as aimées long-temps
avant de commencer à souffrir et à te dégoûter. Il me semble donc impossible que la
chute du premier grain de sable ait déjà troublé ton amour, et que ton lac ne redevienne
pas tranquille et pur. Peut-être que deux
grands cœurs ont plus de peine à s'entendre
que lorsqu'un des deux fait à lui seul tous les
frais de la sympathie ; peut-être qu'avant de
se livrer entièrement et de s'abandonner l'un
à l'autre, ils ont besoin de s'essayer, de briser
quelques aspérités qui les repoussent encore.
Un grand bonheur, une longue passion, doi-

vent être achetés au prix de quelques souffrances : quand on plante un arbre vigoureux,
il souffre et se flétrit pendant quelques jours
avant de s'accoutumer au terrain et de montrer la force qu'il doit acquérir. Les petites
douleurs de ton amie prouvent l'excessive
délicatesse de son amour. Je voudrais être
aimée comme tu l'es; garde-toi donc de te
plaindre; surmonte un peu ta fierté s'il le
faut, et consens non à mentir, mais à t'expliquer. Tu fais injure à Fernande en croyant
qu'elle ne comprendrait pas ; elle serait
flattée de te voir condescendre aux faiblesses
de son sexe et aux ignorances de son âge ;
elle s'efforcerait de marcher plus vite vers toi
et d'arriver à ton point de vue. Que ne peut
pas une ame comme la tienne et une parole
si éloquente quand tu daignes parler! Oh! ne
t'enferme pas dans le silence! tu n'as pas
besoin de ta force avec cet être angélique,
qui est à genoux déjà pour t'écouter. Rap-

pelle-toi ce que j'étais quand je t'ai connu,
et ce que tu as fait de cette ame qui dormait
informe dans le chaos : que serais-je si tu
n'étais descendu jusqu'à moi, si tu ne m'a-
vais révélé ce que tu sais de Dieu, des
hommes et de la vie? Ne t'ai-je pas compris?
n'ai-je pas acquis quelque grandeur, moi qui
n'étais qu'un enfant sauvage, incapable de
bien et de mal par moi-même au milieu des
ténèbres de mon ignorance? Souviens-toi des
longues promenades que nous faisions ensemble sur les Alpes, au temps des vacances.
Avec quelle avidité je t'écoutais! comme je
rentrais dans mon couvent éclairée et sancti-
fiée! O mon brave Jacques! quel être sublime
ne pourras-tu pas faire de celle qui est ta
femme et qui possède ton amour! Je te pré-
dis une grande destinée avec elle! Essuie ses
belles larmes; ouvre-lui tous les trésors de
ton ame : je vivrai de votre bonheur.

XXVIII.

D'Octave à Sylvia.

Pourquoi donc avez-vous tant tardé à m'écrire cette lettre qui nous eût épargné tant de maux, et pourquoi, si Jacques est votre frère, avez-vous tant hésité à me l'avouer ? Quel être incompréhensible êtes-vous, Sylvia, et quel plaisir trouvez-vous à nous faire souffrir tous deux? C'est en vain que je vous contemple et que je vous étudie; il y a des jours où je ne sais pas encore si vous êtes la première ou la dernière des femmes; je me demande si votre fierté signifie la vertu la plus sublime, ou l'effronterie du vice hypocrite. Ah! ne m'accablez pas de vos froides et méprisantes railleries, ne me dites pas que personne ne m'impose de vous aimer, et que je suis libre de renoncer à vous. Je suis bien assez malheureux, ne faites pas tant gloire de vos dédains et de votre indifférence; vous ne seriez que plus digne d'amour si vous étiez moins forte et moins cruelle.

Et vous! n'avez-vous jamais eu des instans de faiblesse et d'incertitude avec moi? ne m'avez-vous pas accusé de bien des torts que vous m'avez pardonnés? Pourquoi railler si durement l'impiété de mon ame? pourquoi me dire que je ne vous aime pas du moment que je doute de vous? Savez-vous bien ce que

c'est que l'amour, pour parler de la sorte ?
Mais vous m'avez aimé, puisque vous m'avez
rappelé souvent après m'avoir repoussé ; mais
vous m'aimez encore, puisque, après trois
mois d'un silence obstiné, vous m'écrivez
pour vous laver de mes soupçons. Elle est
bien laconique et bien hautaine, votre justification ! Je n'oserais confier à personne
combien vous me dominez, tant je me
trouve rapetissé et humilié par votre amour.
O Dieu ! et vous seriez un ange si vous vou-
liez; c'est l'orgueil qui fait de vous un démon ! Quand vous vous abandonnez à votre
sensibilité, vous êtes si belle, si adorable !
j'ai eu de si beaux jours avec vous ! sont-ils
donc perdus pour jamais ? Non, je ne saurais
y renoncer ; que ce soit force ou faiblesse,
lâcheté ou courage, je retournerai à toi ! je
te presserai encore dans mes bras, je te for-
cerai encore à croire en moi et à m'aimer,
dussé-je n'avoir qu'un jour de ce bonheur,

et rester avili à mes propres yeux pour toute
ma vie. Je sais que je serai encore malheureux avec toi; je sais qu'après m'avoir rendu
fou, tu me chasseras avec un abominable
sang-froid. Tu ne comprendras pas ou tu ne
voudras pas comprendre que pour retourner à tes pieds, avec l'ame toute saignante
encore de doute et de soupçons, il faut
que je t'aime d'une passion effrénée. Tu me
diras que je ne sais pas ce que c'est qu'aimer; tu croiras être bien sublime et bien
généreuse envers moi parce que tu me par-
donneras d'avoir soupçonné ce que tous les
hommes auraient supposé à ma place. Tu es
une ame d'airain : tu brises tout ce qui t'approche et ne consens à plier devant aucune des réalités de la vie. Comment veux-
tu que je te suive toujours aveuglément dans
ce monde imaginaire où je n'avais jamais mis
le pied avant de te connaître? Ah! sans doute,
si tu es ce que tu parais à mon enthousiasme,

tu es bien grande, et je devrais passer ma vie enchaîné à tes pieds; si tu es ce que ma raison croit deviner parfois, cache-moi bien la vérité, trompe-moi habilement; car malheur à toi si tu te démasques!—Adieu, reçois-moi comme tu voudras, dans trois jours je serai à tes genoux.

XXIX.

De Fernande à Clémence.

Tu m'humilies, tu me brises ; si c'est la vérité que tu m'enseignes, elle est bien âpre, ma pauvre Clémence ; tu vois cependant que je l'accepte, toute cruelle qu'elle est, et que je reviens toujours à toi, sauf à être plus mal-

heureuse qu'auparavant, quand tu m'as répondu. J'ai donc tort? mon Dieu, je croyais
qu'avec un malheur comme le mien on ne
pouvait pas être coupable! Les méchans sont
ceux qui rient des peines d'autrui; moi je
pleure celles de Jacques encore plus que les
miennes; je sais bien que je l'afflige, mais
ai-je la force de cacher mon chagrin? Peut-
on tarir ses larmes, peut-on s'imposer la
loi d'être insensible à ce qui déchire le cœur?
Si quelqu'un est jamais arrivé à cette vertu,
il a dû bien souffrir avant de l'atteindre;
son cœur a dû saigner cruellement! je suis
trop jeune pour savoir déguiser mon visage
et cacher mon émotion; et puis, ce n'est pas
Jacques qu'il me serait possible de tromper.
Cette lutte avec moi-même ne servirait donc
qu'à augmenter mon mal; ce qu'il faudrait
étouffer, c'est ma sensibilité, c'est mon amour!
Oh! ciel! tu me parles de le vaincre! Cette
seule idée lui donne plus d'intensité; que

deviendrais-je à présent que j'ai connu l'a-
mour, si je me trouvais le cœur vide? je
mourrais d'ennui; j'aime mieux mourir de
chagrin, la mort sera moins lente.

Tu prends le parti de Jacques, tu as bien
raison! c'est lui qui est un ange, c'est lui
qui devrait être aimé d'une ame aussi forte,
aussi calme que la tienne; mais suis-je donc
indigne de lui? ne suis-je pas sincère et dévouée autant qu'il est possible de l'être? Non!
ce ne sont pas des lueurs d'enthousiasme que
j'ai pour lui, c'est une vénération constante,
éternelle. Il m'aime vraiment, je le sais, je le
sens; il ne faut pas me dire qu'il n'aime de
moi que ma jeunesse et ma fraîcheur; si je
le croyais!... non, cette idée est trop cruelle!
Tu es inexorable dans ton mépris pour l'a-
mour; ton esprit observateur juge tout
sans pitié; mais de quel droit parles-tu
d'un sentiment que tu n'as pas éprouvé? Si
tu savais combien un pareil doute me ferait

souffrir, une fois entré dans mon cœur, tu
n'aurais pas la cruauté de me l'offrir.

Eh bien! s'il en était ainsi, si Jacques
m'aimait comme un passe-temps, moi qui
lui ai dévoué toute ma vie, moi qui l'aime
de toutes les forces de mon ame, j'essaierais
de ne plus l'aimer; mais cela me serait impossible, je mourrais.

Ma pauvre tête est malade. Aussi quelle lettre tu m'écris! je n'ai pu cacher l'impression
qu'elle me faisait, et Jacques m'a demandé si
je venais d'apprendre quelque mauvaise nouvelle. J'ai répondu que non.—Alors, m'a-t-il
dit, c'est une lettre de ta mère. — Je mourais
de peur qu'il ne me demandât à la voir; et,
tout interdite, j'ai baissé la tête sans répondre.
Jacques a frappé la table avec une violence
que je ne lui ai jamais vue. Que cette femme
n'essaie pas d'empoisonner ton cœur, s'est-il
écrié; car je jure sur l'honneur de mon père
qu'elle me paierait cher la moindre tenta-

tive contre la sainteté de notre amour ! — Je
me suis levée tout épouvantée, et je suis retombée sur ma chaise.—Eh bien ! qu'as-tu ?
m'a-t-il dit. — Vous-même, qu'avez-vous
contre ma mère ? que vous a-t-elle fait
pour vous mettre ainsi en colère? — J'ai
des raisons que tu ne sais pas, Fernande, et
qui sont fortes comme des montagnes; puisses-tu ne les savoir jamais! mais pour l'amour
de notre repos, cache-moi les lettres de ta
mère, et surtout l'effet qu'elles produisent sur
toi.—Je te jure que tu te trompes, Jacques,
me suis-je écriée; cette lettre n'est pas de ma
mère, elle est de... — Je n'ai pas besoin de
le savoir, a-t-il dit vivement; ne me fais pas
l'injure de répondre à des questions que je
ne t'adresserai jamais. — Et il est sorti; je
ne l'ai pas revu de la journée. Oh! Dieu!
nous en sommes presque à nous quereller!
et pourquoi? parce que j'ai cru le voir
triste et que j'ai pris de l'inquiétude? Oh!

s'il n'y avait pas au fond de tout cela quelque chose de vrai, nous n'en serions pas
où nous en sommes. Jacques a eu des peines qu'il m'a cachées, à bonne intention
peut-être, mais il a eu tort; s'il m'avait révélé la première, je ne l'aurais pas interrogé
sur les autres; tandis qu'à présent, je m'i-
magine toujours qu'il couve quelque mystère, et je ne trouve pas cela juste; car mon
ame lui est ouverte, et il peut y lire à chaque instant. Je vois bien qu'il est préoccupé,
quelque chose le distrait de l'amour qu'il
avait pour moi; quelquefois il a un fronce-
ment de sourcil qui me fait trembler de la
tête aux pieds. Il est vrai que si je prends le
courage de lui adresser la parole, cela se
dissipe aussitôt, et je retrouve son regard bon
et tendre comme auparavant. Mais autrefois
je ne lui déplaisais jamais, je lui disais avec
confiance tout ce qui me passait par l'esprit;
quand j'étais absurde, il se contentait de sou-

rire, et il prenait la peine de redresser mon
jugement avec affection ; à présent je vois
que certaines paroles, dites presque au hasard, lui font un mauvais effet : il change
de visage, ou il se met à fredonner cette petite
chanson qu'il chantait à Smolensk, quand on
lui retira une balle de la poitrine. Une parole
de moi lui fait le même mal, apparemment !

Il est six heures du soir ; Jacques, qui est
d'ordinaire si exact et qui se faisait un scru-
pule de me causer la plus légère inquiétude
ou la plus frivole impatience, n'est pas encore rentré pour dîner. Est-ce qu'il me boude ?
est-ce qu'il aura eu un chagrin assez vif pour
rester absorbé ainsi depuis midi ? Je suis tourmentée ; s'il lui était arrivé quelque accident !
s'il ne m'aimait plus ! peut-être que je lui ai
tellement déplu aujourd'hui, qu'il éprouve
de la répugnance à me voir ; oh ! ciel ! ma
vue lui deviendrait odieuse ! Tout cela me
fait un mal horrible ; je suis enceinte et

je souffre beaucoup. Les anxiétés auxquelles je m'abandonne me rendent encore plus
malade. Il faut que j'en finisse ; il faut que
je me jette aux pieds de Jacques , et que
je le conjure de me pardonner mes folies.
Cela ne peut pas m'humilier, ce n'est pas à
mon mari, c'est à mon amant que s'adres-
seront mes prières. J'ai offensé sa délicatesse,
j'ai affligé son cœur; il faut qu'une fois pour
toutes il me pardonne, et que tout soit oublié. Il y a bien des jours que nous ne nous
expliquons plus; cela me tue. J'ai l'ame
pleine de sanglots qui m'étouffent ; il faut
que je les répande dans son sein , qu'il me
rende toute sa tendresse, et que je recouvre
ce bonheur pur et enivrant que j'ai déjà
goûté.

Dimanche matin.

Oh ! mon amie, que je suis malheureuse !
rien ne me réussit, et la fatalité fait tourner

à mal tout ce que je tente pour me sauver.
Hier Jacques est rentré à six heures et de-
mie, il avait l'air parfaitement calme, et
m'a embrassée comme s'il eût oublié nos
petites altercations. Je connais Jacques à
présent ; je sais quels efforts il fait sur lui-
même pour vaincre son déplaisir ; je sais que
la douleur concentrée est un fer rouge qui
dévore les entrailles. Je me suis fait violence
pour dîner tranquillement ; mais, aussitôt que nous avons été seuls, je me suis
jetée à ses genoux en fondant en larmes. Sais-
tu ce qu'il a fait ? au lieu de me tendre les
bras et d'essuyer mes pleurs, il s'est dégagé
de mes caresses et s'est levé d'un air furieux ;
j'ai caché mon visage dans mes mains pour
ne pas le voir dans cet état ; j'ai entendu sa
voix, tremblante de colère, qui me disait :
Levez-vous, et ne vous mettez jamais ainsi
devant moi. — J'ai senti alors le courage
du désespoir. — Je resterai ainsi, me suis-

je écriée, jusqu'à ce que vous m'ayez dit ce que j'ai fait pour perdre votre amour.—Tu es folle, a-t-il répondu en se radoucissant; et tu ne sais qu'imaginer pour troubler notre paix, et gâter notre bonheur. Expliquons-nous, parlons, pleurons, puisqu'il te faut toutes ces émotions pour alimenter ton amour; mais, au nom du ciel, relève-toi, et que je ne te voie plus ainsi. —J'ai trouvé cette réponse bien dure et bien froide, et je suis retombée sur moi-même à demi brisée d'abattement et de douleur. —Faut-il que je te relève malgré toi? a-t-il dit en me prenant dans ses bras et en me portant sur le sofa; quelle rage ont donc toutes les femmes de jeter ainsi leur ame en dehors comme si elles étaient sur un théâtre! Souffre-t-on moins, aime-t-on plus froidement, pour rester debout et pour ne pas se briser la poitrine en sanglots? que ferez-vous, pauvres enfans, quand la foudre vous tombera sur la tête?—Tout ce que vous dites là est horrible! lui ai-je répondu. Est-ce par le dédain que vous voulez vous délivrer de mon amour? vous importune-t-il déjà? — Il s'est assis auprès de moi, et il est resté silencieux, la tête baissée, l'air résigné, mais profondément triste; il m'a laissée pleurer long-temps; puis il a fait un effort pour me prendre les mains, mais j'ai vu que cette marque d'affection lui coûtait, et j'ai retiré mes mains précipitamment. Hélas! hélas! a-t-il dit, et il est sorti. Je l'ai rappelé, mais en vain, et je me suis presque évanouie. Rosette, en apportant des lumières dans le salon, m'a trouvée sans mouvement; elle m'a portée à mon lit, elle m'a déshabillée pendant qu'on avertissait mon mari; il est venu et m'a témoigné beaucoup d'intérêt. J'avais une extrême impatience d'être seule avec lui, espérant qu'il me dirait quelque chose qui me consolerait tout-à-fait; je voyais tant d'é-

motion sur sa figure! je ne pouvais cacher
l'ennui que me causaient les interminables
prévenances de Rosette; j'ai fini par lui parler un peu durement, et Jacques a dit quelques mots en sa faveur. J'avais les nerfs
réellement malades; je ne sais comment la
manière dont Jacques a semblé s'interposer
entre moi et ma femme de chambre m'a
causé un mouvement de colère invincible.
Plusieurs fois déjà, ces jours derniers, je m'é-
tais impatientée contre cette fille, et Jacques
m'en avait blâmée.—Je sais bien qu'en toute
occasion, lui ai-je dit, vous donnez de pré-
férence raison à Rosette, et à moi tout le
tort. — Vous êtes réellement malade, ma
pauvre Fernande, a-t-il répondu. Rosette,
tu fais trop de bruit autour de ce lit, va-t'en;
je te sonnerai si j'ai besoin de toi. — Aussitôt j'ai senti combien j'étais injuste et folle.
—Oui, je suis malade,—ai-je répondu dès que
j'ai été seule avec lui, et je me suis caché la

tête dans son sein en pleurant ; il m'a consolée en me prodiguant les plus tendres caresses , et en me donnant les plus doux noms;
je n'avais plus la force de demander une autre
explication , tant j'avais la tête brisée ; je me
suis endormie sur l'épaule de Jacques. Mais
ce matin , quand j'ai sonné ma femme de
chambre , j'ai vu une autre figure , assez laide
et insignifiante.—Qui êtes vous , ai-je dit , et
où est Rosette? — Rosette est partie, m'a
dit Jacques aussitôt en sortant de sa chambre
pour répondre à ma question ; j'avais besoin
d'une ménagère diligente et honnête à ma
ferme de Blosse , pour surveiller la filature de
soie , et j'y ai envoyé Rosette pour le reste
de la saison ; en attendant que tu la remplaces
à ton gré , j'ai fait venir sa sœur pour te servir. — J'ai gardé le silence , mais j'ai trouvé
cette leçon bien dure et bien froide. — Oh !
j'avais bien compris l'histoire de la romance.

Que faire maintenant ? Je vois que mon

bonheur s'en va jour par jour, et je ne sais comment l'arrêter. Évidemment, Jacques se dégoûte de moi, et c'est ma faute : je ne vois pas qu'il ait envers moi le moindre tort; je ne vois pas non plus que je sois réellement coupable envers lui. Nous nous faisons du mal mutuellement, comme par une sorte de fatalité; peut-être s'y prend-il mal avec moi. Il est trop grave, trop silencieux dans ses avis. Les résolutions qu'il prend, la promptitude avec laquelle il tranche les sujets de trouble entre nous, montrent, ce me semble, une espèce de hauteur méprisante à mon égard. Un mot de doux reproche, quelques larmes versées ensemble et les caresses du raccommodement vaudraient bien mieux. Jacques est trop accompli, cela m'effraie; il n'a pas de défauts, pas de faiblesses; il est toujours le même : calme, égal, réfléchi, équitable. Il semble qu'il soit inaccessible aux travers de la nature humaine et qu'il ne puisse les tolérer dans les autres, qu'à l'aide d'une générosité muette et courageuse; il ne veut point entrer en pourparler avec elles. C'est trop d'orgueil. Moi je suis un enfant, j'ai besoin qu'on me guide et qu'on me relève quand je tombe. Oui, tu avais raison, Clémence; je commence à croire que le caractère de Jacques n'est pas assez jeune pour moi. C'est de là que viendra mon malheur; car à cause de sa perfection je l'aime plus que je n'aimerais un jeune homme, et sa raison empêchera peut-être que je m'entende jamais avec lui.

XXX.

De Jacques à Sylvia.

Je n'ai pas faibli dans ma résolution, je ne me suis pas une seule fois abandonné à l'impatience, je n'ai pas commis d'injustice, je n'ai pas agi en mari; pourtant le mal fait, ce me semble, des progrès rapides; et,

si quelque circonstance étrangère ne vient pas
le distraire, si quelque révolution ne s'o-
père dans les idées de Fernande, nous aurons
bientôt cessé d'être amans. Je souffre, je l'a-
voue; il n'est qu'un bonheur au monde, c'est
l'amour; tout le reste n'est rien, et il faut
l'accepter par vertu. J'accepterai tout, je me
contenterai de l'amitié, je ne me plaindrai
de rien; mais laisse-moi verser dans ton sein
quelques larmes amères que le monde ne
verra pas, et que Fernande, surtout, n'aura
pas la douleur d'ajouter aux siennes. Six mois
d'amour, c'est bien peu! encore combien de
jours, parmi les derniers, ont été empoison-
nés! Si c'est la volonté du ciel, soit. Je suis
prêt à la fatigue et à la douleur; mais encore
une fois, c'est perdre bien vite une félicité,
au sein de laquelle je me flattais de rester
enivré plus long-temps.

Mais de quoi ai-je à me plaindre? je savais bien que Fernande était un enfant,

que son âge et son caractère devaient lui inspirer des sentimens et des pensées que je
n'ai plus; je savais que je n'aurais ni le
droit ni la volonté de lui en faire un crime. J'étais préparé à tout ce qui m'arrive;
je ne me suis trompé que sur un point : la
durée de notre illusion. Les premiers transports de l'amour sont si violens et si su-
blimes, que tout se range à leur puissance;
toutes les difficultés s'aplanissent, tous les
germes de dissension se paralysent, tout
marche au gré de ce sentiment qu'on appelle
avec raison l'ame du monde, et dont on aurait dû faire le dieu de l'univers; mais quand
il s'éteint, toute la nudité de la vie réelle re-
paraît, les ornières se creusent comme des
ravins, les aspérités grandissent comme des
montagnes. Voyageur courageux, il faut
marcher sur un chemin aride et périlleux
jusqu'au jour de la mort; heureux celui qui
peut espérer de ressentir un nouvel amour!

Dieu m'a long-temps béni, long-temps il
m'a donné la faculté de guérir et de renou-
veler mon cœur à cette flamme divine; mais
j'ai fait mon temps, je suis arrivé à mon dernier tour de roue : je ne dois plus, je ne puis,
plus aimer. Je croyais du moins que ce dernier amour réchaufferait les dernières années
de la jeunesse de mon cœur, et les prolonge-
rait davantage. Je n'ai pas cessé d'aimer
encore; je serais encore prêt, si Fernande
pouvait calmer ses agitations et réparer d'elle-
même le mal qu'elle nous a fait, à oublier
ces orages, et à retourner à l'enivrement des
premiers jours; mais je ne me flatte pas que
ce miracle puisse s'opérer en elle; elle a déjà
trop souffert. Avant peu, elle détestera son
amour; elle en a fait un tourment, un cilice
qu'elle porte encore par enthousiasme et par
dévouement. Ces choses-là sont des rêves de
jeune femme : le dévouement tue l'amour et
le change en amitié. Eh bien ! l'amitié nous

restera ; j'accepterai la sienne, et laisserai long-temps encore à la mienne le nom d'amour, afin qu'elle ne la méprise pas : mon amour, mon pauvre dernier amour! je l'embaumerai en silence, et mon cœur lui servira éternellement de sépulcre ; il ne s'ouvrira plus pour recevoir un amour vivant. Je sens la lassitude des vieillards et le froid de la résignation qui envahissent toutes ses fibres ; Fernande seule peut le ranimer encore une fois, parce qu'il est encore chaud de son étreinte. Mais Fernande laisse éteindre le feu sacré, et s'endort en pleurant ; le foyer se refroidit, bientôt la flamme se sera envolée.

Tu me donnes un conseil bien impossible à suivre : tu mets le doigt sur la plaie en disant que nous ne nous comprenons pas ; mais tu m'engages à me faire comprendre, et tu ne songes pas que l'amour ne se démontre pas comme les autres sentimens. L'amitié repose sur des faits et se prouve par des services ; l'estime peut se soumettre à des calculs mathématiques ; l'amour vient de Dieu, il y retourne et il en redescend au gré d'une puissance qui n'est pas dans les mains de l'homme. Pourquoi ne te fais-tu pas comprendre d'Octave ? par les mêmes raisons qui font que Fernande ne me comprend plus ? Octave n'a pu atteindre à ce degré d'enthousiasme qui fait l'amour grand et sublime ; Fernande l'a déjà perdu. Le soupçon a empêché l'amour d'Octave de prendre son développement, un peu d'égoïsme a paralysé celui de Fernande. Comment veux-tu que je lui prouve qu'elle doit me préférer à elle-même, et me cacher ses souffrances comme je lui cache les miennes ? J'ai la force de renfermer ma douleur et d'étouffer mes légers ressentimens ; chaque jour, après quelques instans de lutte solitaire, je reviens à elle sans rancune, prêt à oublier tout, et à ne lui adresser jamais une plainte ; mais je retrouve ses yeux humides, son cœur oppressé et le reproche sur ses lèvres : non ce reproche évident et grossier, qui ressemble à l'injure, et qui me guérirait sur-le-champ et de l'amour et de l'amitié, mais le reproche délicat, timide, qui fait une blessure imperceptible et profonde. Ce reproche-là, je le comprends, je le recueille ; il entre jusqu'au fond de mon cœur. Oh ! quelle souffrance pour l'homme qui voudrait au prix de sa vie ne l'avoir jamais fait naître, et qui sent dans les plus secrets replis de son ame, qu'il ne l'a jamais mérité ! Elle souffre, la malheureuse enfant, parce qu'elle est faible, parce qu'elle s'abandonne à ces misérables chagrins que j'étouffe, parce qu'elle sent qu'elle a tort de s'y abandonner et qu'elle perd à mes yeux de sa dignité. Son orgueil souffre alors, et mes efforts pour le relever et le guérir sont vains ; elle les attribue à la générosité, à la compassion, et n'en est que plus triste et humiliée. Mon amour devient trop sévère pour elle, elle se croit obligée de l'implorer, elle ne le comprend plus.

Il y a quelque temps, elle se jeta à mes pieds pour me le redemander. Un mari eût été touché peut-être de cet acte de soumission ; pour moi, j'en fus révolté. Il me rappelle les scènes orageuses que plusieurs fois j'ai eu à supporter quand, après avoir perdu mon estime, les femmes que j'ai aimées ont voulu en vain ressaisir mon amour. Voir Fernande dans cette situation ! elle si sainte et si vierge de souillure, cela me fit horreur. Oh ! ce n'est pas ainsi que je veux être aimé ; inspirer à ma femme le sentiment qu'un esclave a pour son maître ! Il me sembla qu'elle se mettait dans cette attitude pour faire abjuration de notre amour, et me promettre quelque autre sentiment. Elle ne comprit pas le mal qu'elle me faisait, et elle me fit peut-être dans son cœur un crime de n'avoir pas été reconnaissant de ce qu'elle tentait pour me guérir ; pauvre Fernande !

Tu me recommandes d'être avec elle ce que
j'ai été avec toi ? Tu crois donc, Sylvia, que
c'est moi qui t'ai faite ce que tu es ? Tu crois
qu'une créature humaine peut donner à une
autre la force et la grandeur ? Souviens-toi
de la fable de Prométhée, que les dieux pu-
nirent, non pour avoir fait un homme, mais
pour s'être flatté de lui donner une ame. La
tienne était déjà vaste et brûlante quand j'y
versai la faible lumière de ma réflexion et de
mon expérience ; mais loin de l'exalter, je ne
m'occupai qu'à l'éclairer ; je tâchai de diriger vers un but digne d'elle la vigueur de
son élan et l'ardeur de ses affections ; je ne fis
que lui ouvrir une route, c'est Dieu qui lui
avait donné des ailes pour s'y élancer. Tu
avais été élevée au désert, ton intelligence
était si verte et si fraîche, qu'elle s'ouvrait
à toutes les idées ; mais cela n'eût pas suffi si
ton cœur n'eût pas été préparé aux sentimens
dont je te parlais ; tu aurais tout compris
sans rien sentir ; en un mot, je ne songeai

point à t'inspirer, je cherchai à t'instruire. Si je ne l'eusse pas fait, peut-être n'aurais-tu pas appris l'usage des dons de Dieu ; mais certainement ils ne se seraient point perdus sans t'enseigner une conduite noble et ferme dans toutes les occasions sérieuses de ta vie.

Fernande, avec une organisation moins puissante, a eu à combattre les funestes influences des préjugés au milieu desquels elle a grandi ; meilleure peut-être que tout ce qui appartient à la société, elle ne pourra jamais se défaire impunément des idées que la société révère. On ne lui a pas fait, comme à toi, un corps et une ame de fer ; on lui a parlé de prudence, de raison, de certains calculs pour éviter certaines douleurs, et de certaines réflexions pour arriver à un certain bien-être, que la société permet aux femmes à de certaines conditions. On ne lui a pas dit comme à toi : Le soleil est âpre et le vent est rude ; l'homme est fait pour braver la tem-

pête sur mer, la femme pour garder les troupeaux sur la montagne brûlante. L'hiver,
viennent la neige et la glace; tu iras dans les
mêmes lieux, et tu tâcheras de te réchauffer
à un feu que tu allumeras avec les branches
sèches de la forêt; si tu ne veux pas le faire,
tu supporteras le froid comme tu pourras.
Voici la montagne, voici la mer, voici le
soleil; le soleil brûle, la mer engloutit, la
montagne fatigue. Quelquefois les bêtes sauvages emportent les troupeaux et l'enfant qui
les garde; tu vivras au milieu de tout cela
comme tu pourras : si tu es sage et brave,
on te donnera des souliers pour te parer le
dimanche.—Quelles leçons pour une femme
qui devait un jour vivre dans la société et
profiter des raffinemens de la civilisation !
Au lieu de cela, on apprenait à Fernande
comment on fuit le soleil, le vent et la fatigue. Quant aux dangers que tu affrontais
tranquillement, elle savait à peine s'ils pou-

vaient exister dans la contrée où elle vivait,
elle en lisait avec effroi la relation dans
quelque voyage au Nouveau-Monde. Son
éducation morale fut la conséquence de cette
éducation physique. Nul n'eut la sagesse de
lui dire : « La vie est aride et terrible, le repos est une chimère, la prudence est inutile,
la raison seule ne sert qu'à dessécher le cœur;
il n'y a qu'une vertu, l'éternel sacrifice de
soi-même. » C'est avec cette rudesse que je
te traitai quand tu m'adressas les premières
questions ; c'était te rejeter bien loin des
contes de fées dont tu t'étais nourrie ; mais
cet amour du merveilleux n'avait rien gâté
en toi. Quand je te retrouvai au couvent, tu
ne croyais déjà plus aux prodiges, mais tu
les aimais encore, parce que ton imagination
y trouvait la personnification allégorique de
toutes les idées d'équité chevaleresque et de
courage entreprenant, qui ressortaient de ton
caractère. Je te parlai de vivre et de souffrir,

d'accepter tous les maux et de ne faire plier
à aucune des lois de ce monde l'amour de la
justice. Je ne trouvai pas nécessaire de t'en
dire davantage; tu avais dans le caractère des
particularités que le monde eût appelées défauts, et que je respectai comme les consé-
quences d'un tempérament hardi et généreux. J'ai horreur de ce tempérament de
convention que la société fait aux femmes, et
qui est le même pour toutes. Le bon cœur
sincère et ingénu de Fernande se révolta contre ce joug, et je l'ai aimée à cause de sa
haine pour la pédanterie et la fausseté de son
sexe. Mais cette forte éducation que je n'avais
pas craint de te donner, je n'aurais jamais
osé l'essayer avec Fernande; elle s'était fait
à elle-même un monde d'illusions, tel que
se le font les femmes dont l'ame aimante veut
résister au bandeau flétrissant du préjugé;
elle avait ce caractère adorable, mais funeste,
que l'on appelle romanesque, et qui consiste

à ne voir les choses ni comme elles sont dans
la société, ni comme elles sont dans la nature ; elle croyait à un amour éternel, à un
repos que rien ne devait troubler. Un instant
j'eus envie d'essayer son courage et de lui
dire qu'elle se trompait ; mais ce courage me
manqua à moi-même. Comment aurais-je
pu, lorsqu'elle m'appelait son messie, lorsqu'elle aussi à dix-sept ans me traitait en génie de conte féérique, comme toi à dix ans,
me résoudre à lui dire:«Le repos n'existe pas,
l'amour n'est qu'un rêve de quelques années
au plus ; l'existence que je t'offre de partager
avec moi sera pénible et douloureuse, comme
toutes les existences de ce monde ! » J'essayai
bien de le lui faire comprendre lorsqu'elle me
demanda, enfant qu'elle est ! le serment d'un
amour éternel. Elle feignit d'accepter tous
les dangers de l'avenir, elle se persuada du
moins qu'elle les acceptait ; mais je vis bien
qu'elle n'y croyait pas. Son découragement

et sa consternation me prouvent assez , maintenant, qu'elle n'avait pas prévu les plus simples contrariétés de la vie ordinaire. Eh ! que ferai-je aujourd'hui ? irai-je lui parler, en pédagogue, de souffrance , de résignation et de silence? Irai-je tout à coup la réveiller au milieu de son rêve et lui dire : Tu es trop jeune, viens à moi qui suis vieux , afin que je te vieillisse ! Voilà que ton amour s'en va , il en devait être ainsi et il en sera de même de tous les bonheurs de ta vie! Non. Si je n'ai pas su lui donner le présent, je veux lui laisser du moins l'avenir. Je ne puis pas causer avec elle, tu le vois ! il m'arriverait de me faire détester , et un matin elle lirait mes trente-cinq ans sur mon visage. Il faut que je la traite en enfant le plus long-temps possible ; au fait, je pourrais être son père, pourquoi dérogerais-je à ce rôle? Je ne la consolerai, je ne prolongerai son amour, s'il est possible, que par de douces paroles et de douces caresses; et quand elle ne m'aimera plus que comme un père, je la délivrerai de mes caresses et je l'entourerai de mes soins. Je ne me sens ni offensé, ni blessé de sa conduite; j'accepte sans colère et sans désespoir la perte de mon illusion : ce n'est ni sa faute ni la mienne.

Mais je suis triste à la mort. O solitude ! solitude du cœur !

XXXI.

De Fernande à Clemens..

Jacques m'a fait aujourd'hui un très-grand plaisir : il m'a donné une preuve de confiance. Mon amie, m'a-t-il dit, je désire appeler auprès de nous une personne que j'aime beaucoup, et que, j'en suis sûr, vous aimerez aussi. Il faudra que vous m'aidiez à l'arracher à la

solitude où elle vit, et à l'attirer, au moins
pour quelque temps, auprès de nous. — Je
ferai ce que vous voudrez, et j'aimerai qui tu
voudras, ai-je répondu, à moitié triste et à
moitié gaie, comme je suis souvent maintenant. — Je ne t'ai jamais parlé, a-t-il repris,
d'une amie qui m'est bien chère et que j'ai,
pour ainsi dire, élevée : c'est la fille naturelle
de mon meilleur ami, qui me l'a recomman-
dée à son lit de mort. Ne me fais jamais de
question à cet égard : j'ai fait serment de ne
jamais dire le nom des parens de cette jeune
fille qu'en de certaines circonstances dont
moi seul puis être juge. C'est moi qui l'ai mise
au couvent, et qui l'en ai retirée pour l'établir dans les divers pays où elle a désiré vivre,
d'abord en Italie, puis en Allemagne; maintenant en Suisse : elle vit loin de la société,
dans une indépendance que le monde trouverait bizarre, mais qui n'a rien que de raisonnable et de légitime chez celui qui ne de-

mande rien au monde et qui ne s'ennuie pas
de l'isolement.

Est-elle jeune? ai-je demandé. — Vingt-
cinq ans. — Et jolie? ai-je ajouté avec précipitation. — Très-jolie, a répondu Jacques,
sans paraître s'apercevoir de la rougeur qui
me montait au visage. — J'ai fait beaucoup
d'autres questions sur son caractère, auxquelles Jacques a répondu de manière à me
faire aimer cette inconnue; mais néanmoins
j'ai fait un grand effort pour lui dire que j'aurais beaucoup de plaisir à l'avoir près de moi,
et quand je me suis trouvée seule, j'ai senti
que j'éprouvais tous les tourmens de la jalousie. Je ne croyais certes pas que Jacques
fût amoureux de cette femme, et qu'il vou-
lût l'amener dans notre maison pour en faire
de nouveau sa maîtresse. Jacques est trop noble, trop délicat pour cela; mais je craignais
que cette amitié si vive entre lui et cette jeune
femme n'eût commencé par quelque autre

sentiment. Il ne s'y sera pas abandonné, pensais-je ; la raison et l'honneur auront vaincu
cette tendresse trop vive pour sa protégée ; mais il aura souvent été ému près
d'elle : il n'aura pas vu impunément tant de
beauté, d'esprit et de talens ; il aura peut-
être songé plus d'une fois à en faire sa femme,
et il lui sera resté au moins pour elle cet indéfinissable sentiment qu'on doit avoir pour
l'objet d'un ancien amour. Jacques est si
étrange quelquefois ! Peut-être qu'il veut la
placer entre nous comme conciliatrice au
milieu de nos chagrins ; peut-être qu'il me
la proposera pour modèle, ou qu'au moins,
comme elle sera beaucoup plus parfaite que
moi, il fera, malgré lui, quand j'aurai quelque tort, des comparaisons entre elle et moi
qui ne seront point à mon avantage. Cette
idée me remplissait de douleur et de colère ;
je ne sais pourquoi j'éprouvais un besoin invincible de questionner encore Jacques, mais

je ne l'osais pas, et je craignais qu'il devinât
mes soupçons. Enfin, vers le soir, comme
nous causions assez gaiement de choses géné-
rales qui pouvaient avoir un rapport éloigné
avec notre position, je pris courage, et, feignant de plaisanter, je lui demandai presque
clairement ce que je désirais savoir. Il resta
quelques instans silencieux : j'observai son
visage, et il me fut impossible d'en interpréter l'expression. Jacques est souvent ainsi,
et je défie qui que ce soit de savoir s'il est
calme ou mécontent dans ces momens-là.
Enfin, il me tendit la main, en me disant
d'un air grave : Est-ce que tu me croirais capable d'une lâcheté ? — Non, m'é-
criai-je vivement en portant sa main à mes
lèvres. — Mais d'une trahison ? ajouta-t-il.
— Non, non, jamais! — Mais de quoi donc
alors ? car tu m'as soupçonné de quelque
chose! ajouta-t-il en me regardant avec cet
air de pénétration auquel je ne saurais résis-

ter. — Eh bien ! oui , répondis-je avec embarras , je t'ai accusé d'imprudence. — Ex-
plique-toi , dit-il. — Non , répondis-je : fais-
moi un serment , et je serai à jamais tranquille. — Un serment entre nous ! dit-il d'un
ton de reproche. — Ah ! tu sais que je suis
faible, répondis-je , et qu'il faut me traiter
avec condescendance : que ton orgueil ne se
révolte pas, et qu'il s'humanise un peu avec
moi ; jure-moi que tu n'as jamais eu d'a-
mour pour cette jeune personne, et que tu es
sûr de n'en avoir jamais.—Jacques sourit et
me demanda de lui dicter la formule du serment. — Je lui dis de jurer par son honneur
et par notre amour. Il y consentit avec douceur, et me demanda si j'étais contente. —
Alors, voyant que j'avais été folle, je me sentis très-honteuse , et craignis de l'avoir offensé ; mais il me rassura par des paroles et
des manières affectueuses. Je pense donc à
présent que j'ai bien fait d'être franche et de

lui avouer mes inquiétudes sans fausse honte.
Avec quelques mots d'explication, il m'a
tranquillisée pour toujours, et je n'ai plus la
moindre répugnance à bien accueillir son
amie. Peut-être que si je lui avais toujours
dit naturellement ce qui se passait dans ma
pauvre tête, nous n'aurions jamais souffert.
Depuis cette explication, je me sens heureuse
et tranquille plus que je ne l'ai été depuis
long-temps. Je suis reconnaissante de la com-
plaisance que Jacques a eue de me rassurer,
par une formule qui me semble à moi-même
à présent réellement puérile, mais sans laquelle je serais peut-être au désespoir aujourd'hui. En général, Jacques me traite ou
trop en enfant, ou trop en grande personne ;
il s'imagine que je dois l'entendre à demi-
mot, et ne jamais donner une interprétation
déraisonnable à ce qu'il dit. S'il s'aperçoit
qu'il n'en est point ainsi, il désespère de redresser mon jugement, et il m'abandonne à

mon erreur avec une sorte de dédain qui
m'offense, au lieu de m'accorder quelques
paroles qui me guériraient complétement.
Jacques est trop parfait pour moi, voilà
ce qu'il y a de sûr; il ne sait pas assez me
dissimuler mon infériorité : il sait consoler mon cœur, il ne sait pas ménager mon
amour-propre. Je sens ce qu'il faudrait
être pour être son égal, et je sens que cela
me manque. Oh! combien mon sort est différent de ce que j'avais rêvé! Ni mon espoir, ni mes craintes ne se sont réalisés : Jacques est mille fois au-dessus de ce que j'avais
espéré : je n'avais pas l'idée d'un caractère
aussi généreux, aussi calme, aussi impassible:
mais je comptais sur des joies que je ne trouve
pas avec lui, sur plus d'abandon, d'épanche-
ment et de *camaraderie*. Je me croyais son
égale, et je ne le suis pas.

XXXII.

Jacques à Sylvia.

Il semble que Fernande caresse maintenant ses puérilités; elle en rougissait d'abord,
elle les cachait; je feignais, pour ménager
son orgueil, de ne pas m'en apercevoir, je
pouvais alors espérer qu'elle les vaincrait;
à présent elle les montre ingénument, elle

en rit, elle s'en vante presque ; j'en suis venu
à m'y plier entièrement, et à la traiter comme
un enfant de dix ans. Oh ! si j'avais moi-
même dix ans de moins, j'essaierais de lui
montrer qu'au lieu d'avancer dans la vie morale, elle recule, et perd, à écarter les moindres épines de son chemin, le temps qu'elle
pourrait employer à s'ouvrir une nouvelle
route, plus belle et plus spacieuse ; mais je
crains trop le rôle de pédant, et je suis trop
vieux pour le risquer. Il y a quelques jours,
je lui parlai de toi et du désir que j'avais de
t'attirer pour quelque temps près de nous ;
les questions qu'elle me fit sur ton âge et sur
ta figure me montrèrent assez ses perplexi-
tés, et elle finit par me demander un serment
solennel qui lui assurât que je n'avais pour
toi que les sentimens d'un frère. Elle ne trouva pas dans son cœur, dans son estime pour
moi, une garantie assez forte contre ces misérables soupçons ; elle me crut capable de

l'avilir et de la désespérer, pour mon plaisir !
elle s'abandonna à ces craintes tout un jour,
et quand j'eus fait le serment qu'elle exigeait,
elle se trouva parfaitement contente. Hélas !
toutes les femmes, excepté toi, Sylvia, se
ressemblent donc ! J'ai fait avec douceur ce
que demandait Fernande; mais j'ai cru relire un des éternels chapitres de ma vie !

Oh ! qu'elle est insipide et monotone cette
vie en apparence si agitée, si diverse et si romanesque ! Les faits diffèrent entre eux par
quelques circonstances seulement, les hommes par quelques variétés de caractère; mais
me voici à trente-cinq ans, aussi triste, aussi
seul au milieu d'eux, que lorque j'y fis mes
premiers pas; j'ai vécu en vain. Je n'ai jamais trouvé d'accord et de similitude entre
moi et tout ce qui existe; est-ce ma faute?
est-ce celle d'autrui? Suis-je un homme sec
et dépourvu de sensibilité? ne sais-je point
aimer? ai-je trop d'orgueil? Il me semble que

personne n'aime avec plus de dévouement et
de passion ; il me semble que mon orgueil se
plie à tout , et que mon affection résiste aux
plus terribles épreuve. Si je regarde dans
ma vie passée , je n'y vois qu'abnégation
et sacrifice ; pourquoi donc tant d'autels
renversés , tant de ruines et un si épouvantable silence de mort ! Qu'ai-je fait pour
rester ainsi seul et debout , au milieu des dé-
bris de tout ce que j'ai cru posséder ? mon
souffle fait-il tomber en poussière tout ce
qui l'approche ? je n'ai pourtant rien brisé ,
rien profané : j'ai passé en silence devant les
oracles imposteurs , j'ai abandonné le culte
qui m'avait abusé sans écrire ma malédiction
sur les murs du temple ; personne ne s'est
retiré d'un piége avec plus de résignation et
de calme. Mais la vérité, que je suivais, secouait son miroir étincelant , et devant elle
le mensonge et l'illusion tombaient, rompus
et brisés comme l'idole de Dagon devant la

face du vrai Dieu ; et j'ai passé en jetant derrière moi un triste regard et en disant : N'y a-t-il rien de vrai, rien de solide dans la vie, que cette divinité qui marche devant moi en détruisant tout sur son passage, et en ne s'arrêtant nulle part ?

Pardonne-moi ces tristes pensées, et ne crois pas que j'abandonne ma tâche ; plus que jamais, je suis déterminé à accepter la vie. Dans deux mois je serai père, je n'accueille point cette espérance avec les transports d'un jeune homme ; mais je reçois cet austère bienfait de Dieu, avec le recueillement d'un homme qui comprend les devoirs qu'il lui impose. Je ne m'appartiens plus, je ne donnerai plus à mes tristes pensées la direction qu'elles eurent souvent ; je ne saurais m'abandonner à ces joies puériles de la paternité, à ces rêves ambitieux dont je vois les autres occupés pour leur postérité ; je sais que j'aurai donné la vie à un infortuné de

plus sur la terre, voilà tout. Ce que j'ai à
faire, c'est de lui enseigner comment on souffre sans se laisser avilir par le malheur.

J'espère que cet événement distraira Fernande et dirigera toutes ses sollicitudes vers
un but plus utile que de tourmenter et d'interroger sans cesse un cœur qui lui appartient
et qui ne s'est rien réservé en s'abandonnant
à elle; si elle n'est pas guérie de cette maladie
morale lorsqu'elle aura son enfant dans les
bras, il faudra que tu viennes t'asseoir entre
nous, Sylvia, pour rendre notre vie plus
douce et prolonger, autant que possible, ce
demi-amour, ce demi-bonheur qui nous
reste. J'espère de ta présence un grand changement : ton caractère fort et résolu étonnera
Fernande d'abord, et puis lui fera, je n'en
doute pas, une impression salutaire; tu pro-
tégeras mon pauvre amour contre les conseils
de sa pusillanimité, et peut-être contre ceux
de sa mère. Elle reçoit des lettres qui l'at-

tristent beaucoup, je ne veux rien apprendre à cet égard ; mais, je le vois clairement, quelque dangereuse amitié, ou quelque malice cruelle envenime ses douleurs. Oh ! que ne peut-elle les verser dans un cœur digne de les entendre, et capable comme le tien de les adoucir ! Mais les épanchemens de l'amitié sont funestes pour un caractère comme le sien, quand ils ne sont pas reçus dans une ame d'élite; je n'ai rien à faire pour remédier à ce mal. Jamais je n'agirai en maître, dût-on égorger mon bonheur dans mes bras.

XXXIII.

De Fernande à Clémence.

Nos jours s'écoulent lentement et avec mélancolie. Tu as raison, il me faudrait quelque distraction ; avec l'espèce de spleen que j'ai, on meurt vite à mon âge, si l'on est abandonné à la mauvaise influence ; on guérit vite aussi et facilement, si l'on est arraché

à ces préoccupations funestes, car la nature a
d'immenses ressources ; mais le moyen dans
ce moment-ci ! Je touche au dernier terme de
ma grossesse, et je suis si souffrante et si fatiguée, que je suis forcée de rester tout le
jour sur une chaise longue ; je n'ai pas la
force de m'occuper par moi-même. Je surveille les travaux de ma layette, que je fais
exécuter par Rosette ; j'ai obtenu de Jacques
qu'il la rappelât ; elle travaille fort bien, elle
est fort douce et quelquefois assez drôle.
Quand Jacques n'est pas auprès de moi, je
la fais asseoir près de mon sofa pour me distraire ; mais au bout d'un instant elle m'ennuie. Jacques est devenu, ce me semble,
d'une gravité effrayante ; il fume cinq heures
sur six. Autrefois j'avais un plaisir extrême à
le voir étendu sur un tapis et fumant des parfums ; il est vraiment très-beau dans cette attitude nonchalante et avec une robe de chambre de soie à fleurs, qui lui donne l'air tout-

à-fait sultan. Mais c'est un coup d'œil dont je commence à me lasser à force d'en jouir ; je ne comprends pas qu'on puisse rester si long-temps dans ce morne silence et dans cette immobilité, sans devenir soi-même tapis, carreau ou fumée de tabac. Jacques semble noyé dans la béatitude ; à quoi peut-il penser si long-temps ? comment un esprit aussi actif peut-il subsister dans un corps si indolent ? Je me permets quelquefois de croire que son imagination se paralyse, que son ame s'endort, et qu'un jour on nous trouvera changés tous deux en statues. Cette pipe commence à m'ennuyer sérieusement ; je serais très-soulagée si je pouvais le dire un peu ; mais aussitôt Jacques casserait toutes ses pipes d'un air tranquille et se priverait à jamais du plus grand plaisir qu'il ait peut-être dans la vie. Les hommes sont bien heureux de s'amuser de si peu de chose ! Ils prétendent que nous sommes des êtres puérils ;

pour moi, il me serait impossible de passer les trois quarts de la journée à chasser de ma bouche des spirales de fumée plus ou moins épaisses. Jacques y trouve de telles délices, que jamais femme ne me fera plus de tort dans son cœur que sa pipe de bois de cèdre incrustée de nacre. Pour lui plaire, je serai forcée de me faire enveloper d'une écorce semblable, et de me coiffer d'un turban d'ambre surmonté d'une pointe.

Voilà la première fois, depuis bien des jours, que je me sens la force de rire de mon ennui; ce qui m'inspire ce courage, c'est l'espoir d'être bientôt mère d'un beau petit enfant qui me consolera de tous les dédains de M. Jacques. Oh! comme je l'aime déjà! comme je le rêve joli et couleur de rose! Sans les châteaux en Espagne que je fais sur son compte du matin au soir, je périrais de mélancolie; mais je sens que mon enfant me tiendra lieu de tout, qu'il m'occupera exclu-

sivement, qu'il dissipera tous les nuages qui
ont obscurci mon bonheur. Je suis très-oc-
cupée à lui chercher un nom, et je feuillette
tous les livres de la bibliothéque sans en
trouver un qui me semble digne de ma fille
ou de mon fils. J'aimerais mieux avoir une
fille; Jacques dit qu'il le desire à cause de
moi; je le trouve un peu trop indifférent à
cet égard. Si je lui donne un fils, il prendra
cela comme une grâce du hasard et ne m'en
saura aucun gré. Je me souviens des transports de joie et d'orgueil de M. Borel, lorsque Eugénie est accouchée d'un garçon. Le
pauvre homme ne savait comment lui prouver sa reconnaissance : il a été à Paris en poste
lui acheter un écrin magnifique. C'est bien
enfant pour un vieux militaire, et pourtant
cela était touchant comme toutes les choses
simples et spontanées. Jacques est trop
philosophe pour s'abandonner à de semblables folies; il se moque des longues discus-

sions que j'ai avec Rosette pour la forme d'un
bonnet et le dessin d'une chemisette. Cependant il s'est occupé du berceau avec beaucoup
d'attention ; il l'a fait refaire deux ou trois
fois, parce qu'il ne le trouvait pas assez aéré,
assez commode, assez assuré contre les acci-
dens qui pouvaient y atteindre son héritier.
Certainement il sera bon père ; il est si doux,
si attentif, si dévoué à tout ce qu'il aime, ce
pauvre Jacques ! vraiment il mériterait une
femme plus raisonnable que moi. Je gage
qu'avec toi, Clémence, il eût été le plus heureux des hommes. Mais il faudra qu'il se
contente de sa pauvre folle de Fernande, car
je ne suis pas disposée à l'abandonner aux
consolations d'une autre, pas même aux tien-
nes. Je te vois d'ici pincer les lèvres d'un
petit air dédaigneux et dire que j'ai bien
mauvais ton; que veux-tu? quand on s'ennuie !

Ma mère m'écrit lettres sur lettres, elle est

réellement très-bonne pour moi ; Jacques et toi, vous avez tort de lui en vouloir. Elle a des défauts et des préjugés qui, dans l'intimité, la rendent quelquefois un peu désagréable ; mais elle a un bon cœur, et elle m'aime véritablement. Elle s'inquiète de mon état plus que de raison, et parle de venir m'assister dans mes couches ; je le désirerais pour moi, mais je le crains pour Jacques, qui ne peut pas la souffrir. Je suis malheureuse en tout : pourquoi cette antipathie pour une personne qu'il connaît assez peu et qui n'a jamais eu que de bons procédés envers lui ? cela me semble injuste, et je ne reconnais pas là la calme et froide équité de Jacques. Il faut donc que chacun ait son caprice, même lui qui est si parfait, et à qui cela sied si peu !

XXXIV.

De Jacques à Sylvia.

Ma femme est mère de deux jumeaux : un
fils et une fille, tous deux forts et bien con-
stitués ; j'espère qu'ils vivront l'un et l'autre.
Fernande les nourrit alternativement avec
une nourrice, afin, dit-elle, de ne pas faire
de jaloux ; elle est tellement occupée d'eux,

que désormais j'espère qu'elle aura peu de
temps pour s'affliger de tout ce qui leur sera
étranger. Maintenant elle reporte sur eux
toute sa sollicitude, et je suis obligé d'interposer mon autorité pour qu'elle ne les
fasse pas mourir par l'excès de sa tendresse :
elle les réveille quand ils sont endormis pour
les allaiter, et les sèvre quand ils ont faim ;
elle joue avec eux comme un enfant avec un
nid d'oiseaux ; elle est vraiment bien jeune
pour être mère ! Je passe mes journées auprès
de ce berceau ; je vois que déjà, moi homme,
je suis nécessaire à ces créatures à peine éclo-
ses. La nourrice, comme toutes les femmes de
sa classe, est remplie d'imbecilles préjugés,
auxquels Fernande ajoute foi plus volontiers
qu'aux simples conseils du bon sens ; heureusement elle est si bonne et si douce, qu'elle
accorde à une prière affectueuse ce que ne
lui inspire pas son jugement.

J'éprouve, depuis que j'ai ces deux pau-

vres enfans, une mélancolie plus douce ;
penché sur eux durant des heures entières,
je contemple leur sommeil si calme et ces
faibles contractions des traits qui trahissent,
à ce que je m'imagine, l'existence de la pensée chez eux. Il y a, j'en suis sûr, de vagues
rêves des mondes inconnus dans ces ames
encore engourdies; peut-être qu'ils se sou-
viennent confusément d'une autre existence
et d'un étrange voyage à travers les nuées de
l'oubli. Pauvres êtres, condamnés à vivre dans
ce monde-ci, d'où viennent-ils? seront-ils
mieux ou plus mal dans la vie qu'ils recom-
mencent ? Puissé-je leur en alléger le poids
pendant quelque temps! mais je suis vieux, et
ils seront encore jeunes quand je mourrai...

J'ai eu une légère contestation avec Fernande pour leurs noms : je la laissais absolument libre de leur donner ceux qui lui plai-
raient, à condition que ni l'un ni l'autre ne
recevraient celui de sa mère, et précisément

elle désirait que sa fille s'appela Robertine ;
elle m'objectait l'usage, le devoir. J'ai été
presque obligé de lui dire que son devoir
était de m'obéir : j'ai horreur de ces mots et
de cette idée ; mais je haïrais ma fille, si elle
portait le nom d'une pareille femme. Fernande a beaucoup pleuré en disant que je
voulais la brouiller avec sa mère, et elle s'est
rendue malade pour cette contrariété. En
vérité, je suis malheureux ! Tu devrais
venir près de nous, mon amie ; tu devrais
essayer de combattre l'influence que l'on
exerce sur elle à mon préjudice. Je ne sais pas
si ma prière est indiscrète : tu ne m'as rien dit
d'Octave depuis bien long-temps ; et, comme
il me semble que tu affectes de ne m'en point
parler, je n'ose pas t'interroger. S'il est
auprès de toi, si tu es heureuse, ne me sacrifie pas un seul des beaux jours de ta vie ; ces
jours-là sont si rares ! Si tu es seule, si tu n'as
pas de répugnance à venir, consulte-toi.

XXXV.

De Sylvia à Octave.

Des circonstances étrangères à vous et à moi, et sur lesquelles il m'est impossible de vous donner le moindre renseignement, me forcent à partir; je ne saurais vous dire pour combien de temps. Je tâcherais de m'expliquer davantage et d'adoucir par des promesses ce que cette nouvelle peut avoir pour vous de désagréable, si je croyais que votre amour pût supporter cette épreuve; mais, si légère qu'elle soit, elle sera encore au-dessus de vos forces, et je ne prendrai point une peine inutile, dont vous ririez vous-même au bout de quelques jours. Vous êtes donc absolument libre de chercher les distractions qui vous conviendront : je ne puis rien pour votre bonheur, et vous encore moins pour le mien. Nous nous aimons réellement, mais sans passion. Je me suis imaginé quelquefois, et vous bien souvent, que cet amour était beaucoup plus fort qu'il ne l'est en effet; mais, à voir les choses comme elles sont, je suis votre ami, votre frère, bien plus que votre compagne et votre maîtresse; tous nos goûts, toutes nos opinions diffèrent; il n'est point de caractères plus opposés que les nôtres. La solitude, le besoin d'aimer, et des circonstances romanesques nous ont attachés l'un à l'autre : nous nous sommes aimés loyalement, sinon noblement. Votre amour inquiet et soupçonneux me faisait continuellement rougir, et ma fierté vous a souvent blessé et humilié. Pardonnez-moi les chagrins que je vous ai causés, comme je vous pardonne ceux qui me sont venus de vous ; après tout, nous n'avons rien à nous reprocher mutuellement. On ne refait pas son ame tout entière, et il eût fallu que ce miracle s'opérât en vous ou en moi, pour faire de notre amour un lien assorti et durable ; nous ne nous sommes jamais trompés, jamais trahis ; que ce souvenir nous console des maux que nous avons soufferts, et qu'il efface celui de nos querelles. J'emporte de vous l'idée d'un caractère faible, mais honnête ; d'une ame non sublime, mais pure ; vous avez bien assez de qualités pour faire le bonheur d'une femme moins exigeante et moins rêveuse que moi. Je ne conserve aucune amertume contre vous ; si je trouve

jamais l'occasion de vous rendre service, j'en
profiterai avec joie. Si mon amitié a pour
vous quelque prix, soyez assuré qu'elle ne
vous manquera jamais; mais ce que j'ai encore d'amour pour vous dans le cœur ne
peut servir qu'à nous faire souffrir l'un et
l'autre. Je travaillerai à l'étouffer; et, quoi
qu'il en arrive, vous pouvez disposer de vous-
même comme vous l'entendrez : jamais ves-
tige de cet amour n'entravera les voies de
votre avenir.

XXXVI.

De Fernande à Clémence.

L'inconnue est arrivée. Ce matin, Rosette est venue appeler Jacques d'un air
tout mystérieux, et peu d'instans après Jacques est rentré tenant par la main une
grande jeune personne en habit de voyage,
et la poussant dans mes bras, il m'a dit :

Voilà mon amie, Fernande, si tu veux me
rendre bien heureux, sois aussi la sienne.
Elle est si belle, cette amie, que, malgrémoi,
j'ai fait un pas en arrière, et j'ai un peu hésité à l'embrasser. Mais elle m'a jeté ses bras
autour du cou en me tutoyant, et en me
caressant avec tant de franchise et d'amitié,
que les larmes me sont venues aux yeux et
que je me suis mise à pleurer, moitié de
plaisir, moitié de tristesse, et vraiment
sans trop savoir pourquoi, comme il m'arrive souvent. Alors Jacques, nous entourant
chacune d'un de ses bras, et déposant un
baiser sur le front de l'étrangère et un baiser sur mes lèvres, nous a pressées toutes
deux sur son cœur en disant : « Vivons ensemble, aimons-nous, aimons-nous, Fernande ; je te donne une bonne, une véritable amie ; et toi, Sylvia, je te confie ce
que j'ai de plus cher au monde. Aide-moi à
la rendre heureuse, et quand je ferai quel-

que sottise, gronde-moi; car, pour elle,
c'est un enfant qui ne sait pas exprimer sa
volonté. O mes deux filles, aimez-vous, pour
l'amour du vieux Jacques qui vous bénit. »
— Et il s'est mis à pleurer comme un enfant.
— Nous avons passé tout le jour ensemble.
Nous avons promené Sylvia dans tous les
jardins, elle a montré une tendresse extrême
pour mes jumeaux, et veut remplacer Rosette dans tous les soins dont ils auront besoin. Elle est vraiment charmante, cette
Sylvia, avec son ton brusque et bon, ses
grands yeux noirs si affectueux et ses manières franches. Elle est Italienne, autant
que j'en puis juger par son accent et par une
espèce de dialecte qu'elle parle avec Jacques.
Ce dernier point me contrarie bien un peu,
ils peuvent se dire tout ce qu'ils veulent,
et je comprends à peine quelques mots de
leur entretien. Mais que je sois jalouse ou
non, il m'est impossible de ne pas aimer

une personne qui semble si dévouée à m'aimer. Elle s'est retirée de bonne heure, et Jacques m'a remerciée du bon accueil que je lui avais fait, avec une chaleur de reconnaissance qui m'a fait à la fois de la peine et du plaisir. Je suis bien contente de trouver une occasion de prouver à Jacques que je lui suis soumise aveuglément, et que je puis sacrifier les faiblesses de mon caractère au désir de le rendre heureux. Mais enfin, sais-tu, Clémence, que tout cela est bien extraordinaire, et qu'il y a bien peu de femmes qui pussent voir, sans souffrir, une amitié si vive entre leur mari et une autre femme jeune et belle? Quand j'ai consenti à la recevoir, je ne savais pas, je ne pouvais pas imaginer qu'il l'embrasserait, qu'il la tutoierait ainsi. Je sais bien que cela ne prouve rien. Il m'a juré qu'il n'avait jamais eu, et qu'il n'aurait jamais d'amour pour elle. Ainsi je ne puis pas m'inquiéter de leur

intimité. Il la regarde et il la traite comme
sa fille. Néanmoins, cela me fait un singu-
lier effet d'entendre Jacques tutoyer une
autre femme que moi. Il devrait bien ménager ces petites susceptibilités ; qui ne les
aurait à ma place ? Dis-moi ce que tu penses
de tout cela, et si tu crois que je puis me
fier à cette Sylvia. Je le voudrais bien , car
elle me plaît extrêmement, et il m'est impossible de résister à des manières si naturelles et si affectueuses.

XXXVII.

De Clémence à Fernande.

Je pense, mon amie, qu'il serait absurde, vil et injuste de soupçonner M. Jacques d'avoir amené sa maîtresse dans ta maison. Ainsi, je ne vois pas de quoi tu te tourmentes, car tu ne peux pas mépriser ton mari, au point d'avoir contre lui un pareil soup-

çon. Que t'importe la beauté de cette jeune
personne? Cela pourrait être d'un grand
danger si ton mari avait dix-huit ans. Mais
je pense qu'il est d'âge à savoir résister à de
pareilles séductions, et que, s'il eût dû être
sensible à celle-là, il n'aurait pas attendu
pour s'y livrer qu'il fût marié avec toi. Sois
donc sûre que tu es très-folle et je dirais
presque très-coupable de ne pas accueillir
cette amie avec une confiance entière. Si
cette confiance est au-dessus de tes forces,
pourquoi as-tu demandé la parole de ton
mari, et comment ressens-tu de la bienveillance et de l'amitié pour elle, si tu la crois
assez infâme et assez effrontée pour venir
te supplanter jusque chez toi?

La pensée de ce danger ne m'est jamais
venue; mais du moment que tu m'as raconté
l'entretien que tu as eu à son égard avec
M. Jacques, j'ai prévu de très-graves inconvéniens à cette triple amitié. Je ne sais si je

dois te les signaler maintenant. Tu n'aurais
pas assez de caractère pour les éviter, et tu
t'en apercevras bien assez tôt. Le moindre
de tous sera le jugement que le monde por-
tera sur cette trinité romanesque. J'ai observé assez de choses qui sortaient de l'ordre accoutumé, pour savoir que les apparences ne prouvent pas toujours. Ainsi, tu
vois que de tout mon cœur, je crois à l'hon-
nèteté de votre intimité. Mais le monde, qui
ne tient aucun compte des exceptions, vous
couvrira d'infamie et de ridicule, si vous n'y
prenez garde. Ce tutoiement entre vous, qui
par lui-même est une chose innocente et
naturelle, suffira pour noircir, dans l'esprit
de tous, l'affection de M. Jacques pour madame ou mademoiselle Sylvia. Et toi-même,
pauvre Fernande, tu ne seras pas épargnée.
Il serait bon de donner tout de suite à votre
étrangère, aux yeux du monde, un autre
titre à votre intimité que celui d'amie et de

fille adoptive de M. Jacques. Il faudrait qu'il la fît passer pour ta demoiselle de compagnie, et qu'elle ne montrât pas devant les étrangers combien elle est familière avec vous. Puisque ton mari ne veut révéler sa naissance à personne, il pourrait faire un honnête mensonge et dire à l'oreille de plusieurs, en feignant de confier une espèce de secret, que Sylvia est sa sœur naturelle. Le secret passerait tout bas de bouche en bouche, et arrêterait sur-le-champ les insolens commentaires. Je te conseille d'en parler à ton mari, de lui présenter mes craintes comme venant de toi, et d'obtenir qu'il mette en ceci la prudence qui convient. Je m'étonne qu'il ne l'ait pas eue de lui-même. Peut être qu'en effet Sylvia est sa sœur et que c'est là précisément ce qu'il veut cacher; mais comment a-t-il manqué de confiance envers toi, au point de ne pas te le dire en secret?

XXXVIII.

De Fernande à Clémence.

Ce que tu m'as conseillé ne m'a pas réussi.
Je n'ai exposé à Jacques qu'une bien petite
partie des inconvéniens que tu me signales,
et il m'a regardé d'un air stupéfait en me
disant : « Où as-tu pris toute cette prudence?
Depuis quand t'inquiètes-tu du monde à ce

point? » — Il a ajouté d'un air triste : « Il
est vrai que tu es destinée à y vivre. Je me
suis abusé en m'imaginant que tu t'ensève-
lirais avec moi dans cette solitude. Tu sens
déjà le désir de te lancer dans la société, et
tu t'inquiètes de ce qui pourrait y gêner ton
entrée. C'est tout simple. » — Oh ! ne crois
pas cela, Jacques, lui ai-je répondu, je ne
serai heureuse que là où tu seras, et où
tu seras joyeux d'être. Je ne pense jamais
au monde, je sais à peine ce que c'est.
Mais je parle dans l'intérêt de Sylvia et dans
le tien. Votre réputation à tous deux m'est
plus chère que la mienne. — Jacques est
resté quelque temps sans répondre, et j'ai
remarqué cette légère contraction du sourcil, qui chez lui exprime un dépit con-
centré. En même temps il y avait sur ses
lèvres un sourire d'ironie, et j'ai compris
que ce que je disais lui semblait très-ridi-
cule dans ma bouche. Cependant il a étouffé

l'envie qu'il avait de me railler, et il m'a
répondu d'un air sérieux et calme : — « Il
y a long-temps, ma chère enfant, que j'ai
rompu avec le monde. Il dépendra de toi
que je vive encore au milieu de ses plaisirs
et de son oisive turbulence. Si cela te tente,
nous irons. Mais sache qu'il n'y aura jamais
la moindre sympathie entre lui et moi, et
que, comme je ne cède qu'aux conseils de
mon cœur ou de ma conscience, jamais,
pour obtenir son appui et son approbation, je ne lui ferai le plus léger sacrifice. Je
dirai plus, mon orgueil ne se pliera jamais à
la moindre concession. Le monde en pensera
ce qu'il voudra ; j'ai trente ans d'honneur derrière moi ; si cela ne suffit pas pour me
mettre à l'abri des plus infâmes soupçons,
tant pis pour le monde. — Je crois pouvoir
dire que cette profession de foi est à peu
près celle de Sylvia, et en outre Sylvia n'aura jamais de relations avec la société. Elle

n'aura donc jamais à combattre les inconvéniens de son indépendance. — Quant à
toi, ma chère enfant, tu es ici au fond d'un
désert, où personne ne viendra épier nos
paroles, nos pensées, ou nos regards; la
méchanceté ne t'atteindra pas jusque-là.
Quand tu voudras sortir de cette solitude,
sois sûre que Sylvia ne te suivra pas à Paris,
et que la société de ta mère n'aura pas lieu
de te faire sur son compte des questions em-
barrassantes.

Il m'a semblé que Jacques avait raison et
que j'avais fait une sottise. J'ai essayé de la
réparer, mais sans succès. Je ne m'inquiète
pas du monde, je n'y veux pas aller, ai-je
répondu; mais nos domestiques, que di-
ront-ils, que penseront-ils de votre intimité? — Je ne suis pas habitué, a répondu
Jacques avec beaucoup de hauteur, à m'occuper de ce que mes domestiques disent et
pensent de moi. J'agis de manière à ne leur

donner jamais d'exemple scandaleux, et je
crois qu'il n'y a pas de meilleurs juges de
l'innocence de notre conduite, que ces té-
moins dont nous sommes entourés, et qui à
toute heure savent les moindres détails de
notre vie. Je ne sais pas s'ils trouveront la
présence de Sylvia et sa familiarité avec nous
conforme aux lois du décorum; mais à coup
sûr ils ne la trouveront jamais contraire à
celles de l'honnêteté. — Jacques s'est tu et
s'est promené dans la chambre d'un air
sombre. Je lui ai adressé plusieurs fois la
parole sans qu'il m'entendît. Enfin, il allait
sortir de l'appartement quand je me suis
élancée vers lui. J'ai vu que je lui avais
horriblement déplu, et j'ai cru deviner
qu'il prenait en lui-même quelque résolution dans le genre de celles qui ont fait dis-
paraître l'année dernière la maudite romance
et la pauvre Rosette. Je l'ai arrêté.—Écoute,
Jacques, lui ai-je dit tout effrayée : j'ai eu

tort, sans doute, et j'ai dit mille absurdités.
Pour l'amour du ciel, n'en parle pas à Sylvia, ne me retire pas son amitié, c'est bien
assez de me retirer ton amour. — Je suis tombée sur une chaise; j'étais près de me trouver mal. Jacques m'a embrassée avec la tendresse et la ferveur des premiers jours. — Je te
promets d'oublier absolument cette conversation, m'a-t-il dit, et de n'en jamais parler à Sylvia. Il est trop évident que ce n'est
pas toi, mais une autre qui a parlé par ta
bouche. Tu es bonne, ma pauvre Fernande,
aie donc la force de n'écouter d'autres conseils que ceux de ton cœur.

Jacques est toujours préoccupé de l'idée
que ma mère m'excite contre lui. Il est bien
vrai qu'elle ne l'aime pas beaucoup; mais il
se trompe s'il croit que je lui raconte ce qui
se passe dans notre intérieur. Ce n'est qu'a-
vec toi que je puis avoir cette confiance.
Maudit soit l'éloignement qui me rend sou-

vent tes conseils plus nuisibles qu'utiles.
Tantôt je t'explique ma situation trop mal
pour que tu puisses la bien juger ; d'autres
fois j'emploie maladroitement les moyens
que tu me donnes de l'améliorer. Aussi il
faut convenir que je suis bien étourdie ou
bien bornée de ne savoir pas suppléer à ce
que tu ne peux prévoir ! J'étais bien tranquille et bien heureuse quand l'idée m'est
venue de faire cette belle ouverture qui a
troublé et affecté Jacques sérieusement.
Notre vie était devenue beaucoup plus agréable. Dieu veuille qu'elle ne redevienne pas
malheureuse par ma faute !

La présence de Sylvia nous a fait vraiment beaucoup de bien. Il est impossible
d'être meilleure et plus aimable. C'est un
caractère original et comme je n'en ai jamais rencontré. Elle est active, fière et dé-
cidée. Rien ne l'embarrasse, rien ne l'étonne ;
elle a plus d'esprit et de savoir dans son pe-

tit doigt que moi dans toute ma personne,
et sa conversation est plus instructive pour
moi que tous les livres que j'ai lus. Moins
silencieuse et plus expansive que Jacques,
elle devine mieux que lui tout ce que je ne
puis comprendre, et elle va au-devant de
mes questions. Quoiqu'elle ait le caractère
enjoué et un peu moqueur, elle me semble
avoir l'esprit rempli d'idées fort tristes, et
cela m'étonne, à son âge et avec tous les
avantages qu'elle tient de la nature ; il faut
qu'elle ait eu quelque passion malheureuse.
Je la crois enthousiaste. A la manière dont
elle témoigne son amitié, on voit que son
cœur est plein de feu et de dévouement ;
peut-être étant plus jeune a-t-elle mal placé
ses affections. Elle semble avoir conservé
une sorte de dépit contre l'amour, car elle
en parle comme d'un rêve, sans lequel la vie
est prosaïque, mais douce et facile. Elle me
demande souvent si je ne pense pas qu'on

puisse s'en passer. Moi je prétends que quand
on l'a connu, on ne peut y renoncer sans
mourir d'ennui et de tristesse. Jacques nous
écoute d'un air mélancolique, et, à tout ce
que nous disons, répond la même sentence :
« C'est selon. » Avec cela il ne se compro-
mettra pas. Nous faisons de grandes promenades, Sylvia m'apprend la botanique et l'en-
tomologie. Le soir, nous chantons des trios
qui vraiment vont très-bien. Sylvia a un
contre-alto admirable, et chante d'une manière tellement supérieure, qu'elle pourrait certainement faire une grande fortune
comme cantatrice.—Avec le mépris que tu as
pour les préjugés les plus enracinés de ce
monde, lui disais-je hier soir, je m'étonne
qu'une destinée si libre et si brillante ne t'ait
pas tentée. — Je l'aurais essayée bien certainement, m'a-t-elle répondu, si je n'avais
pas eu d'autre moyen d'existence. Mais le
petit héritage que Jacques m'a transmis de

la part de mes parens a toujours suffi à mes
besoins. J'ai été libre de suivre mes goûts qui
me portaient vers une vie obscure et solitaire. Ce qui me serait odieux, ce serait la
dépendance ; si je me sentais condamnée à
vivre d'une telle manière et dans un tel lieu,
je prendrais ce lieu et cette vie en horreur,
quelque conformes qu'ils fussent d'ailleurs
à mes penchans. Avec l'idée que je puis demain aller où bon me semble, je suis capable de rester vingt ans dans un ermitage.
— Toute seule ? ai-je dit. — Si j'y pouvais
vivre avec un cœur qui comprît bien le mien,
j'y vivrais heureuse. Sinon, mieux vaut la
solitude, et toute seule, je puis vivre calme.
N'est-ce pas déjà beaucoup ? — Eh quoi ! lui
ai-je dit, la solitude ne t'a jamais effrayée
pour l'avenir ? tu n'as jamais désiré te marier
pour avoir un appui, un ami de toute la vie,
pour être mère, Sylvia, ce qu'il y a de plus
doux au monde ? — Je n'ai peur ni de l'ave-

nir, ni du présent, m'a-t-elle répondu, j'aurai la force de vieillir sans désespoir. Je ne sens pas le besoin d'un appui. J'ai assez de courage pour suffire à tous les maux de la vie. Quant à trouver un ami qui ne me manque jamais, c'est un bonheur accordé à une femme sur mille. Tu es bien enfant, Fernande, si tu crois qu'il entre dans la destinée de toutes de rencontrer un mari comme le tien. Et quant au bonheur de la maternité, je le comprends, je saurais l'apprécier, mais je n'ai pas encore rencontré l'homme que j'eusse été joyeuse d'associer à ce rôle sacré. Je ne me flatte pas de le rencontrer jamais. Si cela m'arrive, j'en profiterai, mais je ne suis pas assez romanesque pour espérer ce qui est invraisemblable, ni assez faible pour souffrir d'un désir que je ne puis réaliser. — Tu as l'ame bien forte, lui dis-je. Quant à moi, si je perdais mon mari et mes enfans, je n'espérerais pas remplacer Jacques ; je ne désirerais pas associer, comme tu dis, un autre homme au rôle sacré de la paternité. Je me laisserais mourir. — Tu le pourrais peut-être, a-t-elle dit. Pour moi, je suis douée d'une telle vigueur, que je ne pourrais me débarrasser de la vie que d'une manière violente. — Elle parlait avec sa voix de basse, dans le grand salon où l'obscurité nous avait peu à peu gagnées : de temps en temps elle frappait un accord mélancolique sur le piano ; en ce moment elle fit une modulation si bizarre et si triste, qu'il me passa un frisson dans tous les nerfs. Oh! mon Dieu! m'écriai-je, tu me fais peur ce soir ; je ne sais pas de quoi nous nous avisons de parler! J'ai traversé le salon pour tirer la sonnette et demander des bougies, et je me suis figuré que quelqu'un se levait de dessus le sofa en même temps que moi. J'ai fait un grand cri et me suis élancée vers Sylvia à demi morte de frayeur. — Oh! que tu es enfant

et pusillanime pour être la femme de Jacques! m'a-t-elle dit d'un ton où il entrait un
peu de reproche. — Elle s'est levée pour aller
tirer la sonnette. — Ne me quitte pas! me
suis-je écriée ; il y a quelqu'un dans la chambre, j'en suis sûre, là, du côté du canapé.
— Si cela est, je ne vois pas de quoi tu as
peur, car ce ne peut être que Jacques. —
Est-ce toi, Jacques, me suis-je écriée d'une
voix tremblante? — Jacques s'est approché
de nous, nous a entourées de ses bras et nous
a embrassées toutes deux. — Va donc chercher de la lumière, méchant! lui ai-je dit.
Il est sorti sans répondre, et n'est rentré
qu'une demi-heure après. Nous étions in-
stallées déjà, moi à mon métier, Sylvia à co-
pier de la musique. — Tu as une femme bien
brave, lui a dit Sylvia, avec son ton de gaîté
qui est toujours un peu brusque. Il a fait
semblant de n'y rien comprendre, sans doute
pour me mystifier ; et il a prétendu qu'il

était dans le parc depuis plus d'une heure, et qu'il n'en était pas sorti un instant.

Mes enfans se portent à merveille et grossissent à vue d'œil comme des poussins. Jacques me contrarie bien un peu quelquefois à leur égard. Il s'en occupe plus qu'il ne convient à un homme, et prétend que je n'y entends rien. Sylvia se met entre nous, elle emporte le berceau et dit : Cela ne vous regarde ni l'un ni l'autre, ces enfans-là sont à moi.

XXXIX.

De Fernande à Clémence.

Lundi.

Décidément, ma chère, il y a un revenant dans la maison ; Jacques et Sylvia en rient ; pour moi, je ne suis pas rassurée du tout : ou c'est un monsieur très-effronté qui vient faire un petit roman sous nos fenêtres, ou c'est un voleur bien élevé, qui s'y prend de cette manière pour s'introduire dans la maison. Le

jardinier a vu se promener une ombre autour
de la pièce d'eau à deux heures du matin, et
il a eu une telle peur, qu'il en est malade;
pauvre homme! il n'y a que moi qui le plai-
gne. Les chiens ont fait des hurlemens épouvantables toute la soirée. J'ai conjuré Jacques d'y faire attention, et il n'en a tenu
compte; il est sorti avec Sylvia pour voir
rentrer les foins dans une métairie voisine;
et ils n'ont pas voulu me laisser aller avec
eux, parce qu'il tombe beaucoup d'humidité
dans notre vallée à cette heure-ci, et que
je suis très-enrhumée. Je commençais à rire
moi-même de mes frayeurs, et je m'apprê-
tais à t'écrire tranquillement, quand j'ai entendu sous ma fenêtre le son d'un haut bois.
Je n'ai d'abord songé qu'au plaisir de l'é-
couter, persuadée que c'était un de ces mille
talens que Jacques possède et que je découvre en lui tous les jours. Je me suis mise à la
fenêtre, et, après qu'il a eu fini, je lui ai dit

en me penchant sur le balcon : Comme un
ange ! Voilà mon gage, beau ménestrel. —
Alors j'ai jeté sur la terrasse sablée, qu'éclai-
rait la lune, un bracelet d'or que j'avais au
bras. Un homme est sorti aussitôt des buissons, l'a ramassé et l'a emporté en courant ;
mais au même instant j'ai entendu derrière
moi la voix de Jacques, et je suis restée stu-
péfaite. J'ai raconté ce qui venait de m'arriver, et pourtant je n'ai pas osé parler du
bracelet. J'ai trouvé ma mystification si com-
plète et si ridicule, que j'ai craint les railleries
de Sylvia, et peut-être les reproches de Jacques ; car c'est lui qui m'avait donné ce bracelet : son chiffre y est gravé avec le mien, et
je suis desespérée de le savoir dans les mains
d'un étranger. Plaise à Dieu que ce soit un
voleur ! J'aurai fait la niaiserie la plus parfaite qu'on puisse faire en lui jetant mes bi-
joux à la tête ; mais le présent de Jacques ira
chez le fondeur, et ne servira pas de trophée

à quelque impertinent. J'ai seulement raconté que j'avais entendu jouer du hautbois,
que j'avais appelé, croyant m'adresser à Jacques, et que j'avais vu fuir un homme qui
m'avait semblé à peu près de sa taille et vêtu
comme lui. Alors nous nous sommes rappelé
l'aventure de ma frayeur dans le grand salon
d'été; Jacques a persisté à nier qu'il y fût entré et qu'il se fût diverti à nous écouter; dans
le doute, je n'ai jamais osé parler du baiser
que nous avions reçu, Sylvia et moi; pour
elle, elle est si distraite et si peu susceptible
de s'étonner ou de s'épouvanter de quelque
chose, que je gagerais qu'elle ne s'en souvient
plus; le fait est qu'elle n'en a rien dit ni à
Jacques ni à moi, et que je ne sais que penser de cette singulière et fâcheuse aventure.
Pour le bracelet, ce n'est certainement pas
Jacques qui l'a ramassé; pour le baiser, j'en
doute; car il assure très-sérieusement n'être
pas sorti du parc dans ce moment-là. Il est

vrai qu'il plaisante quelquefois avec un sang-
froid impertubable, et qu'il s'amuse peut-
être en lui-même de ma honte et de mon
incertitude.

En attendant que nous sachions ce que
signifient ces mauvaises plaisanteries de notre follet, je veux te parler de l'éternelle affaire de la naissance de Sylvia. Est-ce que tu
penses qu'elle serait la sœur de Jacques? je
le pense aussi parfois; mais cette idée m'at-
triste. Pourquoi alors Jacques m'en fait-il
un mystère? me juge-t-il incapable de garder
un secret? Si elle est sa sœur, j'en suis plus
jalouse que si elle ne l'était pas; car je gage,
alors, qu'il l'aime plus que moi. Tu te
trompes bien, Clémence, si tu crois que je
suis capable de cette grossière jalousie qui
consisterait à craindre de la part de mon mari
une infidélité des sens; ce que je surveille
avec envie, ce que j'interroge avec angoisse,
c'est son cœur, son noble cœur; ce trésor

si précieux que l'univers devrait me le
disputer, et que je n'ose me flatter d'être
digne de le posséder à moi seule tout entier. Sylvia est bien plus raisonnable,
bien plus courageuse, bien plus instruite
que moi; son âge, son éducation et son caractère la rapprochent de Jacques, et doivent établir entre eux une confiance bien
mieux fondée; moi je suis un enfant qui ne
sais rien et qui ne comprends guère. Pour les
arts et les petites sciences que Sylvia me démontre, il me semble que je ne manque pas
d'intelligence; mais quand il est question de
la science du cœur, je n'y comprends plus
rien, et je ne conçois même pas qu'il y en ait
une; je n'entends rien à leur courage, à leurs
principes d'héroïsme et de stoïcisme. Que
cela soit fait pour eux, c'est possible; mais
que Dieu m'impose la force, à moi, pourquoi
faire? J'ai toujours été habituée à l'idée d'o-
béir par nécessité, et quand j'ai secoué en

moi-même l'aride pensée de l'avenir, je n'ai
jamais souhaité d'autre bonheur que d'être
protégée, aidée et consolée par l'affection d'un autre. Il me semblait, dans
les premiers jours, que mon mariage avec
Jacques était la plus parfaite réalisation de
ce rêve. D'où vient donc qu'il paraît quelquefois regretter de ne pas trouver en moi
son égale ? D'où vient que sa protection et
sa bonté me font si souvent souffrir ?

Jeudi.

Je ne sais que penser de ce qui se passe, je
croirais volontiers que Sylvia avec son nom
fantastique, son caractère étrange et son regard inspiré, est une espèce de fée, qui attire
sous diverses formes le diable autour de nous.
Hier, on vint nous dire qu'un sanglier était
sorti des bois de Réau, et s'était retiré dans
un des taillis de notre vallée. Cette chasse me

fit bien un peu peur, non pour moi, qui
suis toujours entourée et gardée comme une
princesse, mais pour Jacques, qui s'expose
à tous les dangers. Sa prudence, son adresse
et son sang-froid ne me rassurent pas tout-à-
fait : aussi j'essayai de le détourner de la pensée de lui donner l'assaut ; mais Sylvia sautait
de joie à l'idée de frapper la bête et de donner cours à son humeur énergique et un peu
féroce, à ce que nous prétendons. En une
demi-heure, nous fûmes habillées pour la
chasse; nos chevaux furent prêts; les piqueurs,
les chiens et les cors étaient déjà en avant.
Sylvia montait un petit cheval arabe très-
fringant que je n'ai jamais osé monter, et aussitôt que je vis comme elle s'en faisait obéir,
elle qui a beaucoup moins de principes d'é-
quitation que moi, j'en fus toute jalouse et
toute boudeuse; elle s'amusait à me dépasser,
à caracoler dans des chemins étroits et dangereux, où les excellentes jambes de sa mon-

ture faisaient miracle. J'ai une très-belle et
bonne jument anglaise; mais je suis si pol-
tronne et j'exige d'un cheval tant de soumission et de tranquillité, que j'étais loin de briller
comme Sylvia, et qu'elle m'éclipsait aux yeux
de Jacques. — Je parie, me dit-elle comme
nous entrions dans le taillis, que tu meurs
d'envie à présent d'être à ma place? — Elle ne
pouvait pas deviner plus juste. — Eh bien!
me dit-elle, changeons vite de cheval, et
que Jacques te voie sur son cher Chouiman,
au moment où il s'y attend le moins. — Nous
étions seules avec deux domestiques; Sylvia
avait déjà sauté à terre, et tenait Chouiman
par la bride, avant qu'un des deux butors
qui nous accompagnaient eût songé à quitter
l'étrier; au même instant, le sanglier, dé-
busqué par les chiens, vint droit à nous et
passa à trois pas de moi, sans songer à atta-
quer personne; mais le cheval arabe eut peur,
se cabra et faillit renverser Sylvia, qui s'obs-

tinait à ne pas lui lâcher la bride. Alors un
homme qui me sembla être un de nos piqueurs, car il était vêtu à peu près comme
eux, sortit de je ne sais où, et retint le cheval prêt à s'échapper; je n'avais plus aucune
envie de l'essayer. Cet homme aida Sylvia à
remonter; mais aussitôt qu'elle fut en selle,
et comme il lui présentait sa bride, elle lui
cingla les doigts de sa cravache, en disant:
Ah! ah! d'une certaine manière qui semblait exprimer la surprise et la moquerie.
L'inconnu disparut comme il était venu, au
milieu des branches, et je demandai à Sylvia,
avec une avide curiosité, ce que cela signi-
fiait - - Oh! rien, répondit-elle, un piqueur
maladroit qui m'a écorché la main avec ses
bons offices. — Et tu cravaches un homme
pour cela? lui dis-je. — Pourquoi non? dit-
elle. — Puis elle repartit au galop, et je fus
forcée de la suivre, assez peu satisfaite de
cette explication, et au moins très-étonnée

des manières de Sylvia avec les piqueurs de
mon mari. Je demandai aux domestiques le
nom de cet homme, ils me dirent qu'ils ne
l'avaient jamais vu.

La chasse nous occupa pendant plusieurs
heures, et Sylvia semblait ne pas avoir autre
chose dans l'esprit. Je l'observais, car je soup-
çonnais un peu ce revenant d'être quelque
amant au désespoir. Ce qui se passa au retour
de la chasse me rejette dans de nouvelles incertitudes.

Nous revenions par la traverse aux premières clartés de la lune ; c'était une des plus
belles soirées que nous ayons eues cette année ; il faisait un peu frais, mais le paysage
était si bien éclairé, l'air était si parfumé des
plantes aromatiques qui croissent dans les
ruisseaux, le rossignol chantait si bien, que
j'étais vraiment disposée aux idées romanesques. Jacques proposa de prendre un chemin encore plus court que celui que nous

suivions. — Il est assez difficile pour les chevaux, me dit-il, et je n'ai pas encore osé t'y conduire ; mais puisque tu as eu aujourd'hui un
si grand accès de courage que de vouloir
essayer Chouiman , tu auras bien celui de
descendre au pas un sentier un peu raide.—
Certainement, lui dis-je , puisque tu crois
qu'il n'y a pas de danger. — Et nous nous
mimes en route dans un ordre très-pittores-
que. Un groupe de chasseurs escorté des li-
miers et des cors marchait en tête portant
le sanglier qui était énorme; les cavaliers venaient ensuite, nous au centre : nous entou-
rions le flanc de la colline d'une ligne noire
d'où partait de temps en temps un éclair,
quand le sabot d'un cheval heurtait le roc;
derrière nous , un autre corps de piqueurs et
de chiens suivait lentement , et les fanfares
s'appelaient et se répondaient des deux extré-
mités de la caravane. Quand nous fûmes au
plus rapide du sentier, Jacques dit à un des

piqueurs de prendre la bride de mon cheval et de le soutenir pour descendre ; puis , il proposa à Sylvia de faire une folie. — Une folie ? dit-elle, lancer nos chevaux d'ici à la plaine ? — Oui, dit Jacques ; je te réponds des jambes de Chouiman si tu ne le contraries pas. — Allons ! répondit la mauvaise tête ; et, sans écouter mes reproches et mes cris, ils partirent comme la foudre par une pente lisse, mais rapide, qui formait le flanc de la colline. Il me passa une sueur froide sur tous les membres, et mon cœur ne reprit le mouvement que quand je les vis arriver sans accident au bas de la pente. Alors je m'aperçus que les cavaliers qui étaient devant étaient allés plus vite que mon cheval guidé par un piéton , et que ceux qui étaient derrière , stupéfaits sans doute de l'audace de Jacques et de Sylvia , s'étaient arrêtés pour les regarder, de manière que je me trouvais seule sur le sentier avec l'homme qui tenait ma bride, à une assez grande distance des uns et des autres.

Toutes les histoires de voleurs et de revenans qui m'ont trotté par la cervelle depuis cinq ou six jours me revinrent à l'esprit, et cet homme, qui marchait auprès de moi, commença à me faire une peur épouvantable. Je le regardais avec attention, et ne reconnaissais en lui aucun des piqueurs de mon mari. Il me semblait au contraire reconnaître l'homme mystérieux que Sylvia avait gratifié le matin d'un si joli coup de cravache sur les doigts. Cependant je n'avais pas eu le temps de faire grande attention à son vêtement, et de son visage enfoncé sous un grand chapeau de paille je n'avais vu qu'une barbe noire, qui m'avait paru sentir le brigand d'une lieue. En ce moment, quoiqu'il fût bien près de moi, je le voyais encore moins, parce qu'il était plus bas que moi, et que son chapeau me le cachait entièrement; cependant, comme il

était paisible et silencieux, je me rassurai peu
à peu. Je ne connais pas tous les gardes fo-
restiers et paysans amateurs de la chasse qui
viennent, avec la permission de Jacques,
s'adjoindre à nous quand ils entendent le son
du cor dans la vallée, et que souvent, au
retour, mon mari invite à venir se rafraîchir
avec ses piqueurs. Presque tous sont vêtus
d'une blouse et coiffés d'un chapeau de
paille. Le fait est que je commençais à ne
plus rien craindre, et à croire Sylvia très-ca-
pable de frapper un piqueur ni plus ni moins
qu'un nègre. J'eus donc la hardiesse d'a-
dresser la parole à mon guide, et de lui demander si le chemin ne me permettait pas
d'aller seule.—Oh! pas encore! me répondit-
il. Le son de sa voix et l'expression presque
suppliante de sa réponse étaient si peu d'un
piqueur, que la peur me prit de nouveau.
Si j'avais le courage de Sylvia, pensais-je,
je donnerais un grand coup de cravache à

ce brigand ; et pendant qu'il se frotterait les
doigts d'un air consterné, j'irais en un temps
de galop rejoindre les autres chasseurs. Mais,
outre que je n'oserais jamais, si c'est un vrai
domestique, j'aurais fait la chose du monde
la plus insolente et la plus singulière. Au
milieu de ces réflexions, je vis pourtant que
nous approchions sans accident des cavaliers ;
et au moment où j'allais presser mon cheval
avec le talon pour le dégager des mains de
l'homme mystérieux, celui-ci se retourna à
demi vers moi, et, élevant le bras, il re-
troussa la manche de sa blouse. Je vis alors
briller quelque chose que je reconnus pour
mon bracelet ; je n'eus pas la force de crier,
et l'inconnu, lâchant ma bride, resta sur le
bord du chemin, en me disant à demi-voix
ces étranges paroles : — J'espère en vous. —
Puis il s'enfonça dans un massif d'arbres, et
je m'enfuis au galop plus morte que vive.

Ce qui me tourmente et m'afflige le plus

dans tout cela, c'est l'espèce de mystère que la fatalité a établi entre moi et cet homme. A présent je vois tous les inconvéniens qui résultent du bracelet, et j'ose moins que jamais en parler à Jacques. S'il allait le chercher et le provoquer en duel; s'il allait m'accuser d'imprudence et de légèreté! Je suis bien malheureuse, car j'ai cru certainement jeter mon bracelet à Jacques lui-même; et celui qui l'a reçu croit que je suis une petite personne romanesque, facile à conquérir avec un baiser dans l'obscurité et un air de hautbois. Je suis fâchée à présent de ne lui avoir pas parlé pour lui expliquer ma méprise et lui redemander mon bracelet. Peut-être me l'eût-il rendu. Mais j'ai perdu la tête comme je fais toujours dans les occasions où un peu de sang-froid me serait nécessaire. J'ai essayé de savoir ce que Slyvia pense de cet homme. Elle prétend que je suis folle, et qu'il n'y a point d'autre *homme* dans la vallée que Jacques. Celui que le jardinier

a vu est, selon elle, un voleur de fruits; celui qui a joué du hautbois, un comédien am-
bulant, ou bien un commis-voyageur qui aura
couché à l'auberge du village, et se sera amu-
sé à sauter le fossé du jardin, afin de se vanter
dans quelque estaminet d'avoir eu une aventure romanesque dans son voyage. Quant à
l'homme au coup de cravache, elle persiste
à dire que c'est un paysan; et je n'ose parler
de l'homme au bracelet, car l'idée qu'un
commis-voyageur, ou un musicien ambu-
lant croit avoir reçu ce gage de ma bienveillance, me cause une mortification extrême.

Au fait, quant à cela, l'explication de Sylvia me paraît assez admissible; si je ne craignais de causer quelque malheur, je confie-
rais tout à Jacques, et il irait châtier cet
impertinent comme il le mérite. Mais cet
homme peut être brave et habile duelliste.
L'idée d'engager Jacques dans une affaire de
ce genre me fait dresser les cheveux sur la
tête. Je me tairai.

XL.

D'Octave à M. ***.

De la vallée de Saint-Léon.

Tu m'as souvent dit que j'étais fou, mon cher Herbert, et je commence à le croire. Ce qu'il y a de certain, c'est que je suis fort content de l'être, car sans cela je serais fort malheureux.

Si tu veux savoir où je suis et de quoi je

suis occupé, j'aurai quelque embarras à te répondre. Je suis dans un pays où je n'ai jamais mis le pied, que je ne connais pas, où je n'ose marcher que sous un déguisement. Quant à mes occupations, elles consistent à errer autour d'un vieux château, à jouer du hautbois au clair de la lune, et à recevoir de temps en temps un coup de cravache sur les doigts.

Tu as dû être peu surpris de mon brusque départ, quand tu auras su que Sylvia avait quitté Genève un mois auparavant. Tu auras supposé que j'étais allé la rejoindre, et tu ne te seras pas trompé. Mais ce que tu ne supposes certainement pas, c'est que, sans invitation et même sans permission, je me sois mis à courir sur ses traces. Elle a quitté son ermitage du Léman, avec la bizarrerie qu'elle met dans toutes ses résolutions, et par suite d'une de ces idées spontanées qui lui viennent au moment où l'on se croit le plus tranquille et le plus heureux des hommes à ses pieds. Étrange créature, trop passionnée ou trop froide pour l'amour, je ne sais, mais à coup sûr trop belle et trop supérieure à son sexe pour passer devant les yeux d'un homme sans le rendre un peu fou. — Je savais que M. Jacques était marié, et je pensais bien qu'elle était allée s'installer auprès de lui; car, depuis plusieurs mois, elle m'annonçait ce projet chaque fois qu'elle était de mauvaise humeur, et qu'elle voulait me désespérer. Mais je ne savais pas si M. Jacques était maintenant en Touraine ou en Dauphiné; car dans l'orgueilleux billet que Sylvia avait laissé pour moi à l'ermitage, elle n'avait pas daigné me dire où elle portait ses pas; c'est donc absolument au hasard que je suis venu ici. Je me suis installé dans la cabane d'un vieux garde-chasse, avare et sournois, que j'ai choisi pour hôte sur sa mauvais mine, et qui pour de l'argent m'ai-

derait à assassiner tous les hommes et à en-
lever toutes les femmes du pays. C'est donc
au milieu des bois que peuvent me chercher
tes conjectures, dans la plus romantique vallée du monde, protégé par un déguisement
de chasseur braconnier plutôt que vêtu en
honnête homme, braconnant en effet sous la
protection de mon hôte, et préparant avec
lui tous les soirs le souper que nous avons
conquis les armes à la main; dormant sur un
grabat, lisant quelques chapitres de roman
à l'ombre des grands chênes de la forêt, ha-
sardant des excursions sentimentales et mys-
térieuses autour de la demeure de mon in-
humaine, ni plus ni moins que M. Lovelace,
et t'écrivant sur un genou, à la lueur d'une
torche de résine. Ce qu'il y a de plus ridicule dans tout cela, c'est que je le fais sérieusement, et que je suis vraiment triste et
amoureux comme un ramier. Cette Sylvia
fait le désespoir de ma vie, et je donnerais

un de mes bras pour ne l'avoir jamais ren-
contrée. Tu la connais assez pour concevoir
ce qu'un homme aussi peu charlatan que
moi doit avoir à souffrir de ses caprices romanesques et du dédain superbe qu'elle a pour
tout ce qui sort du monde idéal où elle s'enferme. Il y a bien un peu de ma faute dans
mon malheur. Je l'ai trompée, ou plutôt je
me suis trompé moi-même en lui faisant
croire que j'étais un transfuge de ce monde-
là, et que je me sentais capable d'y retourner. Oui, je l'ai cru en effet, et, dans les premiers jours, j'ai été tout-à-fait l'homme
qu'elle devait ou qu'elle pouvait aimer. Mais
peu à peu l'indolence et la légèreté de mon
caractère ont repris le dessus. La raison m'a
fait de nouveau entendre sa voix, et Sylvia
m'a semblé ce qu'elle est en effet, enthousiaste, exagérée, un peu folle.

Mais cette découverte ne suffisait pas pour
m'empêcher de l'aimer à la passion. L'exa-

gération, qui rend les filles de province si ridicules, rendait Sylvia si belle, si frappante,
si inspirée, que c'est là peut-être son plus
grand charme et sa plus puissante séduction.
Mais elle l'a reçu de Dieu pour son malheur
et pour celui de ses amans, car elle peut se
faire admirer et ne peut persuader. Orgueilleuse jusqu'à la folie, elle veut agir comme si
nous étions encore au temps de l'âge d'or, et
prétend que tous ceux qui osent la soupçonner sont des lâches et des pervers. Du moment que j'ai vu avec inquiétude la singularité de sa conduite, et que j'ai pris de la jalousie à cause de la liberté de ses démarches,
j'ai donc été perdu dans son esprit; et, pré-
cipité de cette région céleste où elle m'avait
fait asseoir avec elle, je suis tombé dans le
monde fangeux des humains, où cette belle
sylphide n'a jamais daigné poser son pied
d'ivoire. De ce moment, notre amour a été
une suite de ruptures et de raccommode-

mens. Je me souviens que tu m'as dit, un jour
que je te racontais tristement une de ces querelles après la réconciliation : — De quoi te
plains-tu ? — Ah ! mon ami, tu peux connaître les femmes ; mais tu ne connais pas
Sylvia. Avec elle, le moindre tort est de la
plus terrible importance, et chaque nouvelle
faute creuse une tombe où s'ensevelit une
partie de son amour. Elle pardonne, il est
vrai, mais ce pardon est pire que sa colère.
La colère est violente et pleine d'émotion;
le pardon de Sylvia est froid et inexorable
comme la mort. En proie à mille soupçons,
tourmenté, incertain, tantôt craignant d'être
dupe de la plus insigne coquette, tantôt craignant d'avoir outragé la plus pure des femmes, j'ai vécu malheureux auprès d'elle,
mais je n'ai jamais eu la force de m'en détacher. Vingt fois elle m'a chassé, et vingt fois
j'ai été lui demander ma grâce après avoir
vainement essayé de vivre sans elle. Dans les

premiers jours de mon bannissement, j'espérais m'applaudir d'avoir recouvré ma liberté et mon repos. Je me laissais aller délicieusement au bien-être de l'indifférence et
de l'oubli. Mais bientôt l'ennui me faisait regretter les agitations et les nobles souffrances de la passion. Je jetais mes regards
autour de moi pour chercher un autre amour,
mais l'indolence de mon esprit et l'activité
de mon caractère m'éloignaient également
des autres femmes. Mon caractère me portait à leur préférer la chasse, la pêche, tous
ces plaisirs énergiques de la campagne que
Sylvia partageait avec moi. Mon esprit s'ef-
frayait de recommencer un apprentissage et
de tenter une nouvelle conquête. Et puis
quelle femme peut être comparée à Sylvia
pour la beauté, l'intelligence, la sensibilité
et la noblesse du cœur! Oui, quand je l'ai
perdue, je lui rends justice, je m'étonne et
m'indigne d'avoir pu soupçonner une femme

si grande, et dont la conduite hautaine me prouve à quel point elle était incapable de descendre au mensonge. Mais, quand je la retrouve, je souffre de son caractère raide et inflexible, de son humeur violente, de son mysticisme intolérant, et de ses exigences bizarres. Elle ne se plie à aucune de mes imperfections; elle ne pardonne à aucun de mes défauts; elle tire argument de tout pour me démontrer à quel point son ame est supérieure à la mienne; et rien n'est plus funeste à l'amour que cet examen mutuel de deux cœurs jaloux et orgueilleux de se surpasser. Le mien se lassait bien vite de cette lutte; j'aurais mieux aimé un amour moins difficile et moins sublime. Sylvia m'accablait de son dédain, et quelquefois me prouvait la pauvreté de mon cœur avec tant de chaleur et d'éloquence, que je me persuadais n'être pas né pour l'amour, et que je n'oserais me persuader encore que je suis digne de

le connaître. Mais, s'il en est ainsi, pourquoi
suis-je né, et à quoi Dieu me destine-t-il en
ce monde ? Je ne vois pas vers quoi ma voca-
tion m'attire. Je n'ai aucune passion violente,
je ne suis ni joueur, ni libertin, ni poète ;
j'aime les arts, et je m'y entends assez pour
y trouver un délassement et une distraction ;
mais je n'en saurais faire une occupation pré-
dominante. Le monde m'ennuie en peu de
temps ; je sens le besoin d'y avoir un but, et
nul autre but ne m'y semble désirable que
d'aimer et d'être aimé. Peut-être serais-je
plus heureux et plus sage si j'avais une profession ; mais ma modeste fortune, qu'aucun
désordre n'a entamée, m'a laissé la liberté
de m'abandonner à cette vie oisive et facile à
laquelle je me suis habitué. M'astreindre aujourd'hui à un travail quelconque me serait
odieux. J'aime la vie des champs, mais non
pas sans une compagne qui me fasse goûter
les plaisirs de l'esprit et du cœur, au sein de

cette vie matérielle où l'effroi de la solitude me gagnerait bientôt. Peut-être suis-je propre au mariage, j'aime les enfans, je suis doux et rangé, je crois que je ferais un très-honnête bourgeois dans quelque ville du second ordre de notre paisible Westphalie. Je pourrais me faire estimer comme cultivateur et père de famille; mais je voudrais que ma femme fût un peu plus lettrée que celles qui tricotent un bas bleu du matin au soir. Et moi-même, je craindrais de m'abrutir en lisant mon journal et en fumant au milieu de mes dignes concitoyens et des pots de bière, presque aussi simples et inoffensifs les uns que les autres.

Enfin, il me faudrait trouver une femme inférieure à Sylvia, et supérieure à toutes celles que je pourrais obtenir, à ma connaissance. Mais, avant tout, il faudrait guérir de l'amour que j'ai pour Sylvia, et c'est une maladie dont mon âme est encore loin d'être délivrée.

Ne sachant que faire, je suis venu ici essayer encore mon destin. D'abord j'avais
l'intention de me jeter à ses pieds, comme à
l'ordinaire, et puis le caprice m'a pris de
l'épier un peu, de consulter l'opinion de ce
qui l'entoure, de la connaître et de la voir
enfin sans qu'elle s'en doutât, afin de m'ôter
de l'esprit une fois pour toutes les soupçons
qui m'ont tourmenté si souvent, et qui me
tourmenteront peut-être encore ; car Sylvia
a un talent extraordinaire pour les faire nai-
tre, un mépris profond pour les explications
les plus faciles, et moi une pauvre tête qui
se crée promptement des tourmens cruels.
Je n'ai pu obtenir aucune des lumières que
je cherchais, car mon impératrice Sylvia
n'est ici que depuis trois semaines, et on n'a-
vait jamais entendu parler d'elle dans le pays.
Si elle savait que ces idées m'ont passé par
la tête, elle ne me le pardonnerait jamais ;
mais elle le saura d'autant moins, que le
cours de mes observations est à peu près

terminé. Hier, elle m'a reconnu sous mon déguisement et m'a accueilli d'une manière fort impertinente. Je serai donc obligé de me montrer. Jacques me connaît et me découvrirait bientôt. Ils riraient peut-être ensemble à mes dépens, si je ne prenais le parti d'aller en rire moi-même avec eux.

Ce Jacques est certes un galant homme, dont le caractère froid et l'extérieur réservé ne m'ont jamais permis beaucoup de familiarité, et contre lequel jusqu'ici je me suis senti d'ailleurs des mouvemens de jalousie épouvantables. A présent, j'ai des raisons pour savoir que j'ai été injuste et grossier dans mes soupçons. Mais je lui en veux un peu d'avoir été de moitié dans la fierté superbe avec laquelle Sylvia a refusé long-temps de me rassurer en m'expliquant leur parenté et leurs relations. Je lui en veux aussi d'être pour Sylvia le type de tout ce qu'il y a de plus grand et de plus beau dans le monde,

la seule ame digne de voler sur la méme ligne que la sienne, dans les champs de l'em-
pyrée, en un mot l'objet d'un amour pla-
tonique et d'un culte romanesque dont je ne
suis plus jaloux, mais qui me cause assez de
mortification. Je n'en serai pas moins l'ami
et le serviteur de M. Jacques en toute occasion ; mais si, avant de lui donner une poi-
gnée de main, je pouvais le taquiner un peu
et me venger de Sylvia en me montrant épris
d'une autre, cela me divertirait.

Pour t'expliquer cette nouvelle folie, il
faut que tu saches que M. Jacques a le plus
joli joyau de petite femme couleur de rose
qu'on puisse imaginer. Moins belle que Sylvia, elle est certainement plus gentille, et
à coup sûr son ame romanesque à sa manière est moins altière et moins cruelle.
J'en ai pour gage un bracelet qui m'a été
jeté par une fenêtre avec de très-douces paroles, un soir que je croyais adresser à ma

tigresse les accens passionnés de mon hautbois. Je suis loin d'être assez fat pour en
tirer grande vanité, car je ne sache pas
qu'elle ait encore pu voir ma figure ; et, ce
soir-là, elle n'avait pas même entrevu mon
spectre : c'est donc au son du hautbois, à
l'enivrement d'un soir de printemps et à
quelque rêve de pensionnaire en vacances,
qu'elle aura accordé ce gage de protection.
Je suis un trop honnête homme et un héros
de roman trop maladroit pour abuser sérieusement de cette petite coquetterie. Mais il
m'est bien permis de faire durer encore le roman pendant quelque jours. J'ai débuté par
un baiser, qui peut-être a laissé quelque émotion dans le cœur de la blonde Fernande,
quand elle a su qu'elle avait été embrassée
avec Sylvia, dans l'obscurité, par un autre
que son mari. Ne me trouves-tu pas devenu
bien scélérat par dépit, moi qui le suis si
peu par nature. Ce soir-là, vraiment, j'é-

tais tout occupé de Sylvia ; j'étais entré par
une des portes de glace du salon qui donne
sur les bosquets du jardin , avec l'intention
d'aller ouvertement demander pardon à Sylvia des torts que j'ai et de ceux que je n'ai
pas. Elles jouaient du piano ; il faisait sombre ; elles ne s'aperçurent pas de la présence
d'un tiers. Je m'assis sur le sofa. Une d'elles
vint s'asseoir auprès de moi sans me voir.
J'allais la saisir dans mes bras, quand je reconnus au piano la voix de Sylvia. J'écoutai
une petite conversation sentimentale qu'elles
eurent ensemble , et , au moment où elles me
découvrirent , j'embrassai Sylvia , et j'allais
parler, lorsque Fernande, me prenant pour
son mari et m'entendant embrasser sa compagne, approcha son visage du mien, avec
une petite manière d'enfant jaloux, à laquelle je t'aurais bien défié de résister. Je
ne sais comment, dans l'obscurité, mes lèvres rencontrèrent les siennes. Ma foi, je

fus si troublé de cette aventure, que je m'enfuis sans leur faire savoir que je n'étais pas Jacques. Depuis ce temps, je sais par mon vieux hôte, qui est l'oncle de Rosette, soubrette de ces dames, que la belle Fernande a des terreurs paniques, et n'entend pas remuer une feuille dans le parc, ou trotter une souris dans le château sans se trouver mal. Rien n'est plus propre à l'audace d'un lutin que les frayeurs et les évanouissemens de sa châtelaine : heureusement pour Fernande, je ne suis ni audacieux, ni amoureux à ce point.

Mais ces aventures m'amusent et m'occupent ; j'ai vingt-quatre ans, cela m'est bien permis. Le beau temps, le clair de lune, cette vallée sauvage et pittoresque, ces grands bois pleins d'ombre et de mystère ; ce château à mine vénérable, qui est assis gravement sur le doux penchant d'une colline ; ces chasseurs qui arpentent la vallée et

la font retentir des hurlemens des chiens et
des sons du cor; ces deux chasseresses, plus
belles que toutes les nymphes de Diane,
l'une brune, grande, fière et audacieuse,
l'autre blanche, timide et sentimentale,
montées toutes deux sur des chevaux su-
perbes et galopant sans bruit sur la mousse
des bois; tout cela ressemble à un rêve, et
je voudrais ne pas m'éveiller.

XLI.

De Fernande a Clémence.

Mardi.

Cette histoire se complique et commence à me causer beaucoup de trouble et de chagrin. J'ai eu grand tort de cacher tout cela à Jacques ; mais à présent chaque jour de silence agrandit ma faute, et je crains réellement ses reproches et sa colère.

La colère de Jacques ! je ne sais ce que c'est,
je ne puis croire qu'il me la fasse jamais
connaître ; et pourtant, comment un mari
peut - il apprendre tranquillement que sa
femme a reçu d'un autre une déclaration
d'amour?

Oui, Clémence, voilà où m'a conduite
cette fatale méprise du bracelet. Hier soir,
j'étais dans ma chambre avec mes enfans et
Rosette ; ma fille semblait souffrante et ne
pouvait s'endormir. Je dis à Rosette d'em-
porter la lumière, qui peut-être l'incommo-
dait. J'étais depuis quelque temps dans l'obscurité avec ma petite sur mes genoux, et
je tâchais de l'apaiser en chantant ; mais
elle ne criait que plus fort, et cela com-
mençait à m'inquiéter, lorsque le son du
hautbois s'éleva, de l'autre extrémité de
l'appartement, comme une voix plaintive et
douce. L'enfant se tut aussitôt et resta comme
ravi à l'écouter ; pour moi, je retenais ma

respiration; la surprise et la peur me rendaient incapable de mouvement. L'inconnu était dans ma chambre, seul avec moi! Je n'osais appeler, je n'osais fuir. Rosette entra comme le hautbois venait de se taire, et s'émerveilla de voir la petite silencieuse et calmée. Va chercher de la lumière, bien vite, bien vite, lui dis-je, j'ai une peur épouvantable; pourquoi m'as-tu laissée seule? — Il va falloir que madame reste encore seule, répondit-elle, pendant que j'irai chercher la lumière en bas. — Ah, mon Dieu! pourquoi n'en as-tu pas dans ta chambre? lui répondis-je. Non! n'y va pas, ne me laisse pas ainsi. N'as-tu rien entendu, Rosette? Est-tu sûre qu'il n'y ait personne avec nous dans la chambre? — Je ne vois personne que madame, les enfans et moi, et je n'ai entendu que la flûte. — Qui est-ce qui jouait de la flûte? — Je ne sais pas; monsieur, apparemment; quel autre dans la maison saurait

en jouer? — Est-ce toi qui es là, Jacques?
m'écriai-je; si c'est toi, ne t'amuse pas
à m'effrayer, car je mourrai de peur. —
Je savais bien que ce n'était pas Jacques,
mais je parlais ainsi, pour forcer notre per-
sécuteur à s'expliquer ou à se retirer. Personne ne répondit. Rosette ouvrit les rideaux, et, au clair de la lune, examina tous
les recoins de l'appartement sans y découvrir
personne. Elle trouvait, sans doute, mes
fayeurs bien ridicules, et j'en eus honte moi-
même; je lui dis d'aller chercher de la lumière, et quand elle fut sortie, j'allai tirer le
verrou derrière elle. Mais c'était bien inutile, car l'inconnu entra par la fenêtre. Je
ne sais comment il s'y prit, et si de la galerie supérieure il a eu l'audace de se risquer
sur ma persienne, ou si, à l'aide d'une échelle,
il sera venu d'en bas; le fait est qu'il entra
aussi tranquillement que dans la rue. La
colère me donna des forces, et je m'élançai

devant le berceau de mes enfans, en criant
au secours; mais il s'agenouilla au milieu
de la chambre, en me disant d'une voix
douce : « Comment est-il possible que vous
ayez peur d'un homme qui voudrait pouvoir
vous prouver son dévouement en mourant
pour vous? — Je ne sais qui vous êtes,
monsieur, lui répondis-je d'une voix tremblante; mais, à coup sûr, vous êtes bien insolent d'entrer ainsi dans ma chambre; partez, partez! et que je ne vous revoie jamais,
ou j'avertirai mon mari de votre conduite.
— Non, dit-il en se rapprochant, vous ne
le ferez pas; vous aurez pitié d'un homme
au désespoir. — Je vis en ce moment le bracelet, et l'idée me vint de le redemander.
Je le fis d'un ton d'autorité et en jurant que
j'avais cru le jeter à mon mari. — Je suis
prêt à vous obéir en tout, dit-il d'un air
résigné; reprenez-le, mais sachez que vous
me reprenez le seul bonheur et le seul espoir

de ma vie. — Alors il s'agenouilla de nouveau tout près de moi et me tendit son bras.
Je n'osais reprendre moi-même le bracelet ;
il eût fallu toucher sa main ou seulement
son vêtement, et je ne trouvais pas cela
convenable. Alors il crut que j'hésitais, car
il me dit : — Vous avez compassion de moi,
vous consentez à me le laisser, n'est-ce pas ?
O ma chère Fernande ! Et il saisit ma main
qu'il baisa plusieurs fois très-insolemment.
Je me mis à crier, et des pas se firent entendre aussitôt dans la galerie voisine ; mais
avant que l'on eût le temps d'entrer, l'inconnu avait disparu, comme un chat, par
la fenêtre.

Jacques et Sylvia frappèrent alors à la
porte, que j'avais fermée au verrou et que je
ne songeais plus à ouvrir, tout en leur criant
d'entrer au nom du ciel. Cette circonstance
du verrou, qui se trouvait fatalement liée à
l'entrée d'un homme dans ma chambre,

m'empêcha de raconter ce qui s'était passé ;
je dis que j'avais entendu le hautbois, que
j'avais envoyé Rosette chercher de la lumière,
qu'elle m'avait enfermé par mégarde ; que
j'avais cru entendre du bruit dans ma chambre, et que j'avais perdu la tête. Comme on
me tient pour folle de peur, on ne m'en demanda pas davantage. Rosette assura bien
avoir entendu le hautbois en traversant la
galerie ; on fit quelques recherches dans la
maison et dans le jardin. On ne trouva personne ; et on décréta, en riant, qu'on ferait
venir un piquet de gendarmerie pour me garder. Sylvia alla chercher le dolman et le scha-
ko de Jacques, il s'en affubla avec de fausses
moustaches ; elle se planta ainsi derrière moi
le sabre en main, affectant de suivre tous
mes pas par la chambre pour me servir d'es-
corte. Elle était jolie comme un ange avec ce
costume. Nous avons ri jusqu'à minuit, et le
reste de la nuit s'est passé fort tranquillement.

26.

Mais mon esprit est bien agité! Je sens que je suis engagée dans une aventure folle et imprudente, qui peut-être aura des suites fatales. Fasse le ciel qu'elles retombent toutes sur moi seule!

Je viens de recevoir le billet suivant, qui a été remis à Rosette par son oncle le garde-chasse : « Belle et douce Fernande, ne soyez » pas irritée contre moi, et ne vous méprenez » nez pas sur les motifs de ma conduite. Vous » pouvez me sauver du malheur éternel, et » me rendre le plus heureux des amis et des » amans : j'aime Sylvia, et j'en ai été aimé. » Je ne sais par quel crime irréparable j'ai » perdu sa confiance et mérité sa colère. Je » ne renoncerai à elle qu'avec la vie; et *j'espère* » *père en vous*, en vous seule. Vous avez une » ame aimante et généreuse, je le sais; je vous

» connais plus que vous ne pensez. Le bracelet
» que vous avez cru jeter à votre mari et que
» je vous rendrai, si vous ne l'accordez à la
» sainte amitié d'un frère, est à mes yeux un
» gage de confiance et de salut. Pardonnez-
» moi de vous avoir effrayée ; j'espérais pou-
» voir vous parler en secret ; je vois que cela
» sera impossible si vous ne m'accordez vous-
» même cette grâce ; et vous me l'accorderez,
» n'est-ce pas, bel ange aux cheveux blonds ?
» Votre mission sur la terre est de consoler
» les infortunés. J'irai vous attendre ce soir
» sous le grand ormeau des quatre sentiers,
» à l'entrée du Val-Brun; faites-vous accom-
» pagner, si vous voulez, d'une personne sûre,
» mais que ce ne soit pas votre mari. Il me
» connaît, et je me flatte de posséder son
» estime et son amitié ; mais en ce moment-
» ci il m'est contraire, et si vous ne travaillez
» à me justifier, je n'ai aucun espoir de ren-
» trer en grâce. Si vous ne venez pas, je dé-

» poserai votre bracelet sous la pierre du
» grand ormeau, vous l'y ferez prendre ;
» mais il sera teint du sang

» D'OCTAVE. »

Qu'en penses-tu ? que dois-je faire ? Mais
à quoi sert de te le demander ? Tu ne me ré-
pondras que dans huit jours , et il faut qu'a-
vant ce soir j'aie pris un parti. Accorder un
rendez-vous à ce jeune homme, surtout quand
je sais que Jacques n'est pas dans ses intérêts,
pour le réconcilier avec Sylvia, c'est une
grande imprudence peut-être selon le monde;
selon ma conscience, je n'y vois pourtant
aucun mal. S'il y a des inconvéniens , il n'y
en a que pour moi , qui risque de déplaire
à Jacques et d'encourir ses reproches, tandis que je puis rendre , si je réussis , un
service à Sylvia et à Octave , peut-être assurer le bonheur de leur vie entière ; car il

n'est pas de bonheur sans l'amour. Sylvia cache en vain son chagrin; je vois maintenant pourquoi ses pensées sont si noires, et son avenir si sombre à ses yeux. Si elle a pu aimer ce jeune homme, il doit être au-dessus du commun et avoir une belle ame; car Sylvia est bien exigeante dans ses affections, et trop fière pour avoir jamais pu s'attacher à un être qui n'en eût pas été digne. Je vois bien maintenant qu'elle a reconnu son amant dans le chasseur qu'elle a si bien corrigé de l'envie d'être prévenant avec elle, et je vois aussi dans ce coup de cravache, accompagné d'un silence si complet sur sa découverte, plus de moquerie malicieuse que de véritable colère. Je parie qu'elle meurt d'envie qu'on amène son ami à ses genoux; il est impossible qu'il en soit autrement; cet Octave l'aime à la folie, puisqu'il fait des choses si extraordinaires pour la retrouver. Il a une figure charmante, du moins à ce qu'il m'a semblé

quand je l'ai entrevu dans ma chambre au
clair de la lune. Jacques est sévère et inexorable, il traite trop Sylvia comme un homme ;
il ne devine pas les faiblesses du cœur d'une
femme, et ne comprend pas, comme moi,
ce que son courage doit cacher d'ennui et de
souffrance. Si je refuse d'aider cette réconciliation, c'en est peut-être fait de son bonheur,
peut-être se condamnera-t-elle à une éternelle
solitude ; et ce jeune homme, s'il allait se
tuer en effet ! Je l'en croirais assez capable ;
il semble véritablement épris. Que faire ? Je
n'ose me décider à rien ; heureusement j'aurai le temps d'y penser d'ici à ce soir.

FIN DU TOME PREMIER.